साम्यवाद के सौ अपराध

साम्यवाद के सौ अपराध

शंकर शरण

अक्षय प्रकाशन
नई दिल्ली

प्रथम संस्करण : 2010

द्वितीय संस्करण : 2022

पुनर्मुद्रण : 2024

ISBN : 978-81-88643-27-1

अक्षय प्रकाशन
208 एम.जी. हाउस, 2 कम्यूनिटी सेंटर
वजीरपुर इंडस्ट्रियल एरिया
दिल्ली - 110 052
मोबाइल : 98184 52269
टेलीफोन : 011-4161 0957
ई-मेल : harish@akshayaprakashan.com
वेबसाइट : www.akshayaprakashan.com

भारत में मुद्रित

प्रोफेसर राम चन्द्र प्रसाद

की स्मृति

को

हमें स्वीकार कर लेना चाहिए: हम इतने परिपक्व नहीं हुए कि चौराहे पर जाकर जोर से सच बोल सकें या वह कहें जो हम सोचते हैं। यह आवश्यक नहीं है। यह खतरनाक है। किंतु हमें वह कहने से इंकार कर देना चाहिए जो हम नहीं सोचते। यह हमारा मार्ग है, सबसे सरल और सबसे आसानी से पहुँचने योग्य, जिसमें हमारी अंतर्निहित, गहरे जमी कायरता का भी ध्यान रखा गया है। और यह (इसे कहने में भी धक्का लगता है) उस तरह की नागरिक अवज्ञा से भी बहुत ही आसान है जिसकी गाँधी ने हिमायत की थी। किसी भी चीज पर झूठ को सचेत समर्थन देना हमारा मार्ग नहीं है। और एक बार हम समझ लें कि झूठ की सीमाएं कहाँ हैं (हर कोई उसे अपने-अपने तरीके से देखता है), हमारा मार्ग उस गैंग्रीन-भरी सीमा से दूर हट जाना है। यदि हम विचारधारा की मृत हड्डियों और चमड़ियों को साथ न चिपकाएं, यदि हम सड़े हुए चीथड़ों को फिर न सीएं, तो हम आश्चर्यचकित रह जाएंगे कि झूठ कितनी जल्दी असहाय होकर दब जाएगा। तब जिसे नंगा होना चाहिए, वह वास्तव में पूरी दुनिया के सामने नंगा हो रहेगा।

–अलेक्सांद्र सोल्झेनित्सिन,

झूठ से मत जीओ (12 फरवरी 1974)

अनुक्रम

भूमिका

साम्यवादी विचारधारा और इस पर आश्रित वास्तविक या संभावित सामाजिक-राजनैतिक व्यवस्था के उदय के पीछे दीर्घ काल का इतिहास है। इस दीर्घ अवधि में मनुष्य जीवन के वैचारिक एवम् व्यावहारिक पक्षों के बीच गत्यात्मक अन्त:क्रिया के फलस्वरूप बहुत सारे परिवर्तन हुए। इन परिवर्तनों में एक युगान्तकारी परिवर्तन सत्रहवीं शताब्दी में घटित हुआ। यह परिवर्तन इस अर्थ में युगान्तकारी है कि इसने परम्परा को, उस परम्परा का जो सक्रिय ईश्वरासक्ति नहीं, तो ईशोन्मुखी सभ्यता का मर्म थी, शायद सर्वदा के लिए ग्रहण-ग्रस्त कर दिया। इस परिवर्तन के मूल में उदारवादी जीवन दृष्टि का उदित होकर प्रभुत्वशील होना है।

इस परिवर्तन के जो भी परिणाम हुए, आज उन्हीं की कलुष छाया वैयक्तिक जीवन को अस्त-व्यस्त कर रही है, सामाजिक जीवन को अशान्त एवम् अस्थिर बना रही है, और पर्यावरण को प्रदूषणों से विषाक्त बना रही है। इन परिणामों में दो की चर्चा यहाँ समीचीन है। प्रथम परिणाम तो यह हुआ कि उदारवादी जीवन दृष्टि के प्रबल होने के कारण ईश्वर की सत्ता शंकास्पद होकर मनुष्य के चेतना-पहल से धीरे-धीरे खिसक कर अवचेतन लोक में जाकर विलुप्त सी हो गई। लौकिकता (अर्थात्, सच्चे अर्थ में सेक्यूलरिज्म) का जन्म हुआ। इसका अभिधार्थ इस रूप में प्रतिफलित हुआ जिसके परिणामस्वरूप ईश्वरा-सक्ति ही नहीं, अपितु ईश्वर स्वयं भी अतीत की कपोल-कल्पना बन कर रह

गया। उसका स्थान मनुष्य ने स्वयं ले लिया। मनुष्य में यह विश्वास जगा कि वह स्वयं अपने अस्तित्व के सर्वांगीण विकास के लिए उपयुक्त परिस्थितियों को मन चाहे रूप से गढ़ सकता है, मढ़ सकता है।

जो दूसरा परिणाम हुआ वह है मानव जीवन में अर्थ की प्रधानता। पारम्परिक जीवन-दृष्टियों में अर्थ कोई स्वतन्त्र प्रत्यय नहीं माना जाता था; अर्थ मात्र जीवन के परम उद्देश्यों की प्राप्ति में साधनवत् सहायक तत्व माना जाता था। परन्तु उदारवादी जीवन दृष्टि के प्रभुत्वशील होने के परिणाम स्वरूप अर्थ स्वायत्त और प्रधान प्रत्यय के रूप में उभरा। अब अर्थ ही सारे विकासों का आधार बन गया। लॉर्ड केन्स के शब्दों में, आर्थिक विकास ही विकास की संभावना के प्रतिफलित होने के द्वार खोलता है। और जब अर्थ की प्रधानता हुई, तो आध्यात्मिकता का क्षरण होना स्वाभाविक था। इस क्षरण के कारण ही अर्थसंग्रह की वृत्ति बढ़ी और कामाचार का साम्राज्य स्थापित हुआ। इसलिए आश्चर्य नहीं कि अर्थ लोलुपता के प्राबल्य के कारण व्यक्ति का, समाज का, और प्रकृति का साधन के रूप में उपयोग व्यापक हो गया।

मानव जीवन को सुखद-सफल बनाने के लिए जब अर्थ की प्रधान भूमिका स्वीकृत हुई, तो अर्थिक असमानता को अभिशाप माना जाने लगा। उसे मनुष्य के समग्र विकास की राह में बहुत बड़ा रोड़ा माना गया। परन्तु उदारवाद समानता को प्रमुखता तो प्रदान करता है, परन्तु इसको कभी भी सामाजिक और आर्थिक समानता काम्य नहीं रही। सामाजिक और आर्थिक विषमता को दूर करने के लिए उदारवाद ने सर्वदा ही अवसर की समानता का प्रश्रय दिया है। परन्तु अवसर की समानता का खोखलापन जगजाहिर है। फिर भी सम्पूर्ण समानता, अथवा जीवन-दशा की समानता कभी भी उदारवाद का ध्येय नहीं रही, अभिप्रेत नहीं रही। और इसके कारण दीनता की, हीनता की, शोषण की, अत्याचार की, परिपाटियाँ बनी रहीं, क्रियाशील रहीं। इसके कारण जो सामाजिक, अर्थिक और राजनैतिक उथल-पुथल होते रहे, सामाजिक अन्याय और अनीति का जो दौर-दौरा कायम रहा, उसी के गर्भ से साम्यवाद प्रसूत हुआ।

साम्यवाद की एक विशेषता रही है। साम्यवादियों ने समाज में पूर्ण समानता लाने के उद्देश्य से प्रेरित होकर समाज व्यवस्था की पुनर्रचना का सपना देखा है, उसे कर दिखाने का यदा-कदा यत्न भी किया है। उनकी नजरों में पूर्ण समानता का अर्थ है कि सभी की जीवन-दशा समान हो जिससे कि सभी समान रूप से विकास के लाभों का रसास्वादन कर सकें। परन्तु साम्यवाद कभी सफल नहीं हो पाया है। उनकी असफलता का मूल कारण है मानव प्रवाकृति और समाज की वे दुर्दान्त परिपाटियाँ जो साम्यवाद के रास्ते विरोध की ऊँची दीवार खड़ी कर देती हैं। इन विरोधों, का शमन करने में, उन पर विजय पाने में साम्यवाद अतिनिर्बल सिद्ध हुआ है। इन विरोधों, का शमन करने में, उन पर विजय पाने में साम्यवाद अतिनिर्बल सिद्ध हुआ है। इन विरोधों, बाधाओं में सबसे मुख्य बाधा उत्पन्न होती है उन आपातिक तत्वों से जिनका सम्बन्ध नैसर्गिक और संस्कृति-जन्य विषमताओं से है।

साम्यवाद परिवर्तन का पक्षधर तो है, परंतु परिवर्तन का प्रारम्भ बिन्दु कभी व्यक्ति नहीं रहा; व्यक्ति का आत्मिक परिवत्रन कभी इसका उद्देश्य नहीं रहा। उदारवाद की तरह ही साम्यवाद भी यह नहीं मानता कि व्यक्ति को बदलने की जरूरत है; उसकी नजर में बाह्य परिवर्तन से ही व्यक्ति का समुचित विकास संभव हो सकेगा। इसलिए साम्यवादी जब भी परिवर्तन की बात करते हैं, वे व्यक्ति के बाह्य परिवेश - सामाजिक और प्राकृतिक दोनों ही – को समीचीन रूप से बदल देने से व्यक्ति का समाज का कल्याण संभव मान लेते है। अत: साम्यवादियों के लिए व्यक्ति के बाह्य परिवेश का समुचित परिवर्तन ही काम्य है, प्रधान है। इसी विश्वास से प्रेरित होकर साम्यवादी व्यवस्था या साम्यवादी पार्टियाँ व्यक्ति के बाह्य परिवेश को बदलने के लिए उपक्रम करती हैं। और यह उपक्रम नैतिकता के बल से नहीं, बल्कि शारीरिक बल का सहारा लेता है।

जब कभी भी परिवर्तन के इस उपक्रम में कोई विरोध होता है, या किसी सांस्कृतिक-सामाजिक तत्वों से विरोध की संभावना उजागर होती है, तो साम्यवादियों का अहंकार विषैले सर्प की तरह फुत्कार मारने

लगता है और उन्हें डँसने को तत्पर होता है, अवसर मिलने पर डँस लेता है। आखिर उनके अहंकार का आधार ईश्वर के प्रति विद्रोह ही तो है। फ्वायरबाख ने तो ईश्वर को व्यक्ति के द्वारा मनोवैज्ञानिक प्रक्षेपण माना; उसने वास्तविकता में नहीं, तो कम-से-कम कल्पना में भी ईश्वर की अवधारणा को जिलाए रखा। परन्तु मार्क्स ने तो उसे समाप्त ही कर दिया और ईश्वरत्व को मनुष्य में आरोपित कर दिया। साथ ही सर्वहारा वर्ग के संरक्षक का दम भरने के कारण साम्यवादी नेतृवर्ग यह भी मानता है कि ईश्वर की अधिकाधिक शक्ति उसमें ही बसती है, रमती है। तो साम्यवादियों के अहंकार के सामने दूसरों के अहंकार की इयत्ता क्या? उसे तो चकनाचूर कर देना ही साम्यवादी अपना कर्त्तव्य मानते हैं। अत: उनकी इच्छाओं-योजनाओं का जितना प्रबल विरोध होता है, उतना ही उनका तेवर ऊँचा होता है, विरोध-शमन की भावना उतनी ही प्रबल होती है, और उनका प्रतिरोध उतना ही हिंसक होता है।

श्री शंकर शरण ने अपनी इस पुस्तक में साम्यवाद के सौ अपराधों का ब्यौरा दिया है, उसकी सैद्धान्तिक और दार्शनिक पृष्ठभूमि यही है। इस अपराधों के विवरण से शरण ने तथ्यों को बड़े ही समुचित ढंग से जुटाया है, और उन्हें अपनी भाषा एवम् विवेचन-शक्ति से जीवन्त बनाया है। शरण इसके लिए धन्यवाद के पात्र हैं। मैं उनकी पुस्तक की सफलता की कामना करता हूँ।

दिल्ली
10 अगस्त 2009

रामाश्रय राय
फेलो एवं पूर्व-निदेशक,
सेंटर फॅार स्टडी ऑफ डेवलपिंग सोसायटीज,
राजपुर रोड, दिल्ली-54

दूसरी भूमिका

दो वर्ष पूर्व संयुक्त राज्य अमेरिका में 'ब्लैक लाइव्स मैटर' से शुरू हुआ आंदोलन विचारणीय परिघटना है। मीनियापोलिस शहर में पुलिस के हाथों एक अश्वेत व्यक्ति की मृत्यु के बाद उस का फौरन ऐसा दबाव बना कि लगभग सब कहीं अमेरिकी प्रशासन ने घुटने टेक दिए। ऐसा अभूतपूर्व परिणाम आकस्मिक नहीं हो सकता। वैसे भी, अमेरिकी पुलिस भेद-भाव करने के लिए बदनाम नहीं है। बल्कि किसी काले अपराधी या संदिग्ध व्यक्ति पर काले पुलिसमैन तो गोली चलाते हैं, मगर गोरे पुलिसमैन प्रायः इस से बचते हैं। क्योंकि काफी समय से यूरोप और अमेरिका 'रेसिज्म' के प्रति संवेदनशील होते गये हैं। दैनिक व्यवहार में भी लोग बेहद ध्यान रखते हैं कि किसी को ऐसी आशंका न हो।

तब ऐसा व्यापक हंगामा कैसे हुआ, जिस में सामान्य अनजान लोगों को मारने, दुकानें लूटने, सड़कों-चौराहों पर कब्जे करने, महापुरुषों की मूर्तियों-स्मारकों को गिराने, यहाँ तक कि देश के पुराने महान लेखकों, कवियों की क्लासिक पुस्तकों तक को निशाना बनाया गया? ऐसा अभूतपूर्व परिणाम किसी आकस्मिक प्रतिक्रिया का नहीं हो सकता। अतः मामला काले-गोरे के भेद-भाव से बहुत भिन्न है।

वस्तुतः वहाँ लंबे समय से बन रही एक मानसिकता ने किसी घटना के बहाने अपना हस्तक्षेप किया। वह मानसिकता आज पूरे लोकतांत्रिक विश्व में हावी है। यह उच्च शिक्षा संस्थानों में वामपंथी मतवाद के क्रमशः वर्चस्व और उस के प्रति नैतिक उदासीनता या काहिली की कहानी है। उस आरामपसंद काहिली के कारण ही समय के साथ वहाँ मीडिया, प्रशासन, न्यायपालिका, आदि हर क्षेत्र में अनेक हानिकर विचार प्रतिष्ठित होते गये। इस का दूरगामी महत्व नहीं समझा

गया। इस पूरी प्रक्रिया को कम्युनिस्ट मतवाद, उस की मानसिकता, और इतिहास पर नजर रखने वाले बेहतर समझ सकते है। इस प्रक्रिया को भारत की स्थिति समझने के लिए भी ठीक से जानना चाहिए।

एक तरह से 'ब्लैक लाइव्स मैटर' से शुरू आंदोलन पचास वर्ष पहले यूरोप में उठे छात्र-विद्रोह जैसा ही है। वह आंदोलन भी केवल यथास्थिति के विरुद्ध था। उस में भी कोई साफ चीज नहीं थी। द्वितीय विश्व-युद्ध में फासिज्म की हार के बाद यूरोप में काफी नव-निर्माण हुआ था। दुनिया के दर्जनों देश औपनिवेशिक जुए से स्वतंत्र भी हुए। इस तरह, प्रायः दो दशक से दुनिया में शान्ति थी। मगर 1965 ई. के बाद पश्चिमी युवाओं में 'हिप्पी' आंदोलन शुरू हुआ। उन्होंने आम बगावत, उद्दंड जैसी जीवन-शैली दिखाई। परिवार से विद्रोह, नशीली दवाओं का सेवन, फ्री-सेक्स, और बेढंगे नाच-गाने उस आंदोलन के कुछ तत्व थे। उसी पृष्ठभूमि से जुड़ी एक फिल्म यहाँ प्रसिद्ध फिल्मकार देवानन्द ने बनाई थी, जिस का गाना 'दम मारो दम...' प्रसिद्ध हुआ था।

उस युवा विद्रोह के विचारों में भी कम्युनिस्ट प्रभाव था। उस की एक भावना यह थी कि पश्चिम की समृद्धि अपने परिश्रम, प्रतिभा, सुव्यवस्था, आदि से नहीं बल्कि केवल दुनिया में माल बेच कर मुनाफा कमाने से हुई है। उसी समय वियतनाम के कम्युनिस्ट गृहयुद्ध में जब अमेरिका ने हस्तक्षेप किया, तो उस भावना को एक ठोस आधार मिल गया। उन्हें यथार्थ से मतलब न था, न वियतनामी जनता के हित या इच्छा से। केवल अमेरिका को नीचा दिखाना उन का उद्देश्य था। फिर तो सारी दुनिया में वामपंथियों ने 'वियतनाम, वियतनाम' का नारा बरसों गुँजाया जिस में काफी अन्य लोग भी अनायास शामिल हुए।

नोट करें, कि उस पूरे युग में 'नस्लवाद' पर किसी की नजर नहीं गई जो तब सचमुच अमेरिका में था! उस समय वहाँ काले लोगों को व्यवहारतः समान नागरिक अधिकार प्राप्त नहीं थे, उन्हें देश में कहीं भी आने-जाने की छूट नहीं थी। लेकिन उस के लिए कोई वामपंथी विद्रोह नहीं हुआ। स्वयं अमेरिकी समाज में ही धीरे-धीरे पूर्ण समानता का विचार उठा जिस से अंततः काले लोगों को समान अधिकार मिले।

किन्तु उसी बीच, 1960 का दशक बीतते हार्वर्ड समेत सभी प्रसिद्ध अमेरिकी विश्वविद्यालयों में वामपंथी मतवाद जमने लगा। यद्यपि वह अमेरिकी समाज पर प्रभावी नहीं हुआ। कारण एक तो यह था कि वियतनाम से अमेरिका के हट जाने के बाद उधर कई देशों में भयावह कम्युनिस्ट सत्ताएं बनी। इस से वामपंथ की किरकिरी हुई। फिर अफगानिस्तान में सोवियत सैनिक हस्तक्षेप हुआ। उस के कुछ ही बाद स्वयं सोवियत कम्युनिज्म में आंतरिक संकट शुरू हुआ। जिस से अंततः 1991 ई. में उस का अंत ही हो गया। इन कारणों से पश्चिम में वामपंथी राजनीति सूख गई।

परन्तु इस पूरे दौर में अमेरिकी विश्वविद्यालयों में वामपंथी प्रोफेसर बने रहे। जहाँ विचार-स्वतंत्रता की आड़ में वे समाज विज्ञान विषयों व साहित्य के पठन-पाठन में अपना विषैला मतवाद दिनों-दिन फैलाते गए। वह बहुत बड़ा कैंसर, या टाइम-बम सा साबित हुआ। उस के कारण कम्युनिस्ट-प्रचार पूरे मधयवर्गीय अमेरिकी समाज के बीच नियमित पहुँचता रहा। लोगों को पता भी नहीं चला कि वे वामपंथी मतवादी प्रचार के शिकार हो रहे हैं!

इस परिघटना को उसी दौर में भारत में बने जवाहरलाल नेहरू विश्वविद्यालय (1969) और भारतीय इतिहास अनुसंधान परिषद, आदि के निर्माण और परिणाम में भी देख सकते हैं। यह संयोग नहीं कि ठीक उस के बाद से ही भारत की शिक्षा, बौद्धिक विमर्श, और नीति-निर्माण में वामपंथी विचारों और प्रचारकों का प्रभाव संगठित रूप से बढ़ता चला गया। उस का दुष्प्रभाव अभी तक भारतीय समाज में उतना गहरा नहीं गया, क्योंकि भारत की बहुसंख्यक जनता 'शिक्षा'-ग्रस्त नहीं हो सकी है। महानगरों को छोड़ अभी भी भारत में पारंपरिक ज्ञान-परंपरा का आदर है। चाहे भारतीय शासकों की भी नैतिक काहिली और अवसरवादिता, दोनों कारणों से स्थिति तेजी से बिगड़ रही है। लेकिन अमेरिका में ऐसी 'गँवार' जनता का बफर उतना बड़ा नहीं था। इसीलिए, वहाँ विश्वविद्यालयों में वामपंथी वैचारिक दबदबे ने दो-तीन पीढियों में ही समाज को काफी विषाक्त कर दिया। उसी का परिणाम अभी दिख रहा है।

इस प्रकार, आज वामपंथी मतवाद किसी कम्युनिस्ट पार्टी या कम्युनिस्ट सत्ता के माध्यम से नहीं, बल्कि अदृश्य अनंग की तरह सभी राजनीतिक दलों, मीडिया, बौद्धिक वर्ग, आदि हर कहीं व्याप्त दिखाई पड़ता है। संपादक, लेखक, जज, नेता, या अफसर विविध मुद्दों पर जो बातें लिखते-बोलते रहते हैं, उस में प्राय: किसी विवेकशील विचार या प्रमाणिक तथ्य के बदले एक बनी-बनाई लफ्फाजी मिलती है। जिस में इस या उस वर्ग, समुदाय, या समूह के पक्ष या विरोध में वकालत या बयानबाजी मुख्य चीज रहती है।

साथ ही, एक आक्रामकता या आवेश भावना जिस से किसी बने-बनाए निष्कर्ष को निराधार भी सही समझा जाता है। बल्कि, उसी निष्कर्ष को सब पर थोपने और ललकारने जैसा भाव भी रहता है। समाज सहजता से, मिलजुल कर, एकता भाव से, कोई सुविचारित, उचित निर्णय करें - इसे अस्वीकार किया जाता है। तीखे और सीमित कुछ मुहावरों का आदतन प्रयोग, उस के लिए सत्ता या ऊँचे पदों की धौंस, तथा किसी न किसी समूह या पक्ष की ओर से दूसरे को बुरा-भला कहना, आदि इस प्रवृत्ति के कुछ तत्व हैं। यह कुल मिलाकर वामपंथी मानसिकता को ही अंगीकार कर लेना है। जो रूँगे में, या सस्ते में किसी को जानकार, प्रगतिशील, ऊँचा होने का अहंकार ऊपर से प्रदान कर देती है। अपने से असहमत व्यक्ति या पक्ष को इसी बात से गया-गुजरा भी मान लेती है। इस से ऐसी मानसिकता का अहंकार दोगुना हो जाता है।

यह मानसिकता मूलत: मार्क्सवाद-लेनिनवाद जैसी ही है। यह ठीक है कि क्लासिक मार्क्सवादी-लेनिनवादी सिद्धांत टूट कर बिखर गये। लेकिन वामपंथी मनोवृत्ति ने नए निशाने, नई शब्दावली, नए प्रतीक बना लिए। वे मूलत: उस निरी अर्थवादी, वर्ग-विभाजक, ईर्ष्या-द्वेष पूर्ण, और विध्वंसात्मक प्रवृत्ति को संतुष्ट करते थे, जो मार्क्सवाद-लेनिनवाद की बुनियाद थी। अर्थात, हर चीज का कारण आर्थिक मानना, अमेरिका को, तथा धनिकों को आदतन बुरा समझना, किसी न किसी प्रकार का अनम्य सामाजिक विरोध खड़ा करना, जिस में एक को सदैव बुरा-भला कहते हुए उसे हराने, मिटाने के लिए दूसरे को उकसाना, मुख्य हो। इस

के लिए नए शास्त्र, नए मोर्चे बनाए गए। इस तरह वामपंथी मानसिकता ने अपना नवीकरण कर लिया है, कुछ-कुछ केंचुल बदलने की तरह।

तदनुरूप बीते दशकों में पश्चिमी विश्वविद्यालयों में क्लासिक मार्क्सवाद के बदले 'सांस्कृतिक मार्क्सवाद' ने आसन जमा लिया है। मार्क्स-लेनिन-स्तालिन-माओ के बदले मार्क्यूज-ग्रामशी-अलथूसर-डेरिडा प्रमुख चिंतक हो गए। इन के लेखन में सांस्कृतिक लफ्फाजी और नकारवाद पर जोर था। उन से वामपंथियों को नए वैचारिक हथियार मिले। वर्ग-विश्लेषण के बदले रेस-रिलेशंस मुख्य गतिविधि हो गई।

तदनुरूप नए-नए शत्रु और नए-नए पीड़ित घोषित किए गए। पूँजीपति की जगह 'गोरों' या 'अमेरिका' को शोषक कहा गया। 'वर्गीय शोषण' के बदले 'उत्पीड़क सहिष्णुता' (रिप्रेसिव टॉलेरेन्स) का मुहावरा बना, कि आप भले होकर भी उत्पीड़क हैं! मजदूरों के बदले मायनोरिटी, जेंडर, जातीयता, आदि को लड़ाकू धार दी गई। पूँजीवाद-विरोध बदल कर 'नस्लवाद-विरोध' हो गया। भारत में वही बदल कर 'हिन्दू सांप्रदायिकता-विरोध' या सीधे-सीधे हिन्दू-विरोध बन गया। वियतनाम के बदले फिलीस्तीन उत्पीड़ित का प्रतीक हो गया, जिस के लिए सब को लड़ना था। तीसरी दुनिया के स्थान पर मुस्लिम-आव्रजक या मुस्लिम लोग शोषित-पीड़ित कहे जाने लगे। निक्सन के बदले ट्रंप शैतान हो गए। रॉक-एन-रोल छोड़ पहचान परेड ('आइडेंटिटी') प्रदर्शन होने लगे। बँधे मुक्के का प्रतीक बदल कर काला फीता लगाने, या घुटना-टेकने की रस्म चालू हुई, आदि। भारत में उसी का रूप 'असहिष्णुता-विरोध', 'पुरस्कार-वापसी', आदि दिखता रहा है। यह कोई संयोग नहीं कि यहाँ 'भारत तेरे टुकड़े होंगे, इंशाअल्लाह...' की नारेबाजी से लेकर 'असहिष्णुता-विरोध', 'शाहीनबाग' तक के ऐसे अभियान उन्हीं अकादमिक केंद्रों से शुरू या उग्रता से समर्थित हो रहे हैं, जो पहले वियतनाम, अंगोला, खुमैनी, आदि के लिए आहें भरते थे। यह सब कम्युनिस्ट मानसिकता के ही नए रूप हैं, जो अब कम्युनिस्ट पार्टियों तक ही सीमित नहीं रह गए।

लेकिन इस नए वामपंथ में कोई भविष्य का कार्यक्रम या सपना तक नहीं। यह केवल किसी न किसी प्रकार के, और अधिकाधिक

सामाजिक विभाजन की जिद के साथ एक स्थाई नाराजगी व आक्रोश का अतिरेक है। जो किसी नशे जैसा तरह-तरह के झूठे-सच्चे उत्पीड़न के दु:स्वप्न में जीता है। इसीलिए, अमेरिका में दो वर्ष पहले उस अश्वेत, जॉर्ज फायड की मौत पर प्रदर्शन के बाद वहाँ आंदोलनकारियों ने खुद अनेक निर्दोष लोगों को सताया और कुछ को मार तक डाला। बल्कि इस पर ध्यान तक नहीं दिया कि वे नितांत निर्दोष लोगों को सता दे रहे हैं! भारत में भी, चूँकि हिन्दू-विरोध और मुस्लिम-परस्ती एक सिद्धांत-सा हो गया, इसलिए कश्मीर से संपूर्ण हिन्दू जनसंख्या के, लाखों निरीह लोगों के सामूहिक सफाए पर भी कोई ध्यान नहीं दिया गया! उन के लिए कोई चिंता, और जिहादियों की भर्त्सना करना तो दूर रहा। यह बीते तीन दशक से यहाँ एक स्थाई प्रवृत्ति है।

ऐसी जिद का कारण हर कहीं एक मतवादी सनक है। जिस में चालू व्यवस्था तोड़ने, और किसी चिन्हित समूह को झुकाने, मिटाने भर की जिद भर है। इस में कोई रचनात्मकता या विवेकशीलता नहीं है। यह भारत में भी तमाम उग्र नारेबाजियों, अभियानों में देखा जा सकता है जिस में किसी न किसी के विरुद्ध उग्र बयानबाजी, सामाजिक विभेद बढ़ाने, और विध्वंस के सिवा कोई पहचानने लायक लक्ष्य शायद ही मिलता है। सौभाग्यवश, भारत में अभी तक यह मानसिकता शहरी बौद्धिक वर्ग के एक प्रभावशाली हिस्से तक ही सीमित है चाहे मीडिया के बल पर इस की पहुँच दिनो-दिन बढ़ती जा रही है।

किन्तु पश्चिमी समाजों में इस नए वामपंथ की पहुँच गहरी लगती है। पहले वहाँ के लोकतांत्रिक दल वामपंथियों का विरोध करते थे। अब वे हर कहीं उन से मेल बनाने में लगे हैं। पहले वहाँ स्कूल, विश्वविद्यालय, मीडिया, आदि हर कहीं विभिन्न विचारों के लिए जगह थी। आज वह असंभव हो गई है। रेस, जेंडर, मायनोरिटी, इमिग्रेंट, इजराइल, ट्रंप, जिहाद, आदि किसी विषय पर वामपंथियों से भिन्न बोलने की मानो इजाजत ही नहीं! कुछ समय पहले अमेरिका के प्रसिद्ध अखबार 'न्यूयार्क टाइम्स' के एक प्रतिष्ठित सह-संपादक की नौकरी इसलिए चली गई, क्योंकि उस ने किसी विषय पर एक भिन्न विचार वाला लेख छाप दिया था। ऐसी दंडात्मक कार्रवाइयाँ फेसबुक, गूगल,

ट्विटर, जैसे अन्य बड़े संस्थानों में भी हुई हैं। किसी को केवल भिन्न विचार रखने मात्र के लिए दंड देना – जो पचास साल पहले केवल कम्युनिस्ट शासनों या दलों में होता था – अब अमेरिका और यूरोप के मीडिया और गैर-सरकारी संस्थाओं में हो रहा है!

ऐसी असहिष्णुता वहाँ पहले नहीं थी। लोग भिन्न विचार रख सकते थे। अब वामपंथी दबदबा ऐसा है कि जो उन्हें नामंजूर, वह कोई नहीं बोल सकता। 'ब्लैक लाइव्स मैटर' के सामने 'ऑल लाइव्स मैटर' का पोस्टर लेकर खड़े होना मुश्किल है। अब 'कैंसिल कल्चर' बना है। अर्थात, असहमत व्यक्ति को खारिज, अपदस्थ करो, उसे बोलने या छपने नहीं दो। मानो विरोधी विचार वाले को समूल खत्म कर डालना हो। इस की तुलना में पारंपरिक उदारवादी शिक्षा और स्वतंत्र विचार कमजोर हो गए हैं। ऐसी अराजक मानसिकता के विरुद्ध बोलने का साहस किसी संगठित हिस्से से नहीं दिख रहा है।

इस नैतिक दुर्दशा का एक बड़ा कारण शिक्षा में कम्युनिस्ट मतवाद दिनो-दिनों फैल जाने से ही जुड़ा है। गत पाँच-छः दशकों में, अमेरिका, यूरोप और भारत में भी इतिहास, साहित्य, समाजशास्त्र, आदि सामाजिक विषयों में मुख्यतः तरह-तरह के भेद-भाव, झूठे-सच्चे अन्याय, अत्याचार संबंधी पाठ पढ़ने-पढ़ाने, और किसी न किसी की निंदा-समर्थन की लफ्फाजी का चलन बढ़ता गया। विश्वविद्यालयों में अलग-अलग समूहों, समुदायों (मायनोरिटी, जेंडर, मिड्ल ईस्ट, आदि) के संकीर्ण 'अध्ययन' विभाग बनने लगे। जहाँ विद्वान, जानकार के बदले झगड़ालू किस्म के एक्टिविस्ट तैयार हुए। उन्हें ज्ञान या सचाई से अधिक नारेबाजी की खुराक मिली। वैसे ही कुपोषित लोग धीरे-धीरे प्रशासन, मीडिया, स्कूल, कला केंद्र, न्यायालय, कारपोरेट, आदि हर कहीं पहुँचने लगे। इस तरह पश्चिमी देशों में वामपंथी मतवाद की ताकत बढ़ी है।

उन्हें संतुलित करने के लिए विवेकशील, उदार, तथ्य-परक, सामाजिक चिन्तन या ज्ञान देने की चिंता शासकों या समाज को नहीं हुई। उन्होंने अपने उदार मूल्यों को फॉर-ग्रांटेड लिया। अमेरिका में और भारत में भी। यह बहुत बड़ी भूल थी! वस्तुतः, हर पीढ़ी को नए सिरे से पूरी सही शिक्षा देनी होती है। वरना कुशिक्षा हावी होना तय है। दो

वर्ष पहले शुरू हुए इस अमेरिकी घटनाक्रम में हमारे देश के लिए भी चेतावनी है!

मगर क्या भारत में नीति-निर्माता और राष्ट्रीय मार्गदर्शकगण यह देख भी रहे हैं? कहना कठिन है। हाल के दशकों में यहाँ गैर-समाजवादी दलों में भी भरपूर मात्र में समाजवादी नारे, मुहावरे प्रवेश कर चुके हैं। समाज के लिए या हर मामले में आर्थिक कारकों को ही सदैव बुनियादी महत्व देना, विकास की स्थाई झक पालना, तथा संस्कृति और शिक्षा को दूसरे या तीसरे दर्जे की चिंता मानना इस का प्रत्यक्ष प्रमाण है।

उसी क्रम में, राजनीति को सर्वोपरि महत्व देना तथा समाज के साथ-साथ ज्ञान, चरित्र और नैतिकता को उपेक्षित करना भी वामपंथी मानसिकता है। तदनुरूप शिक्षकों, विचारकों, विशिष्ट ज्ञानियों तक को भाड़े पर लिए जा सकने और उपयोगी कर्मचारी जैसे समझना, तथा तुलना में राजनीतिकर्मियों, कार्यकर्ताओं और पार्टी संगठन को सर्वोच्च महत्व भी पूर्णतः कम्युनिस्ट मानसिकता है। यह यहाँ गत दशकों में क्रमशः बढ़ती गई। यह स्थिति चिंताजनक है, क्योंकि यह सारी विचारशीलता, रचनात्मकता को कुंठित कर समाज को दुर्बल, स्वत्वहीन करने की ओर जाती है। जैसा सोवियत संघ में हुआ था, और जिस के दुष्प्रभाव से आज भी रूस ग्रस्त है। संपूर्ण राजनीति, संपूर्ण सत्ता, और घोर दलबंदी से ग्रस्त होना मूलतः कम्युनिस्ट वैचारिकता थी, जो आज भारत में काफी प्रबल दिखाई देती है।

क्या यह भी कम्युनिज्म का ही अपराध है, या स्वयं हमारा, अथवा राजनीति व समाज के प्रति हमारे नेतृत्वकारी लोगों की भ्रामक धारणा का? इस का विचार भी सुधी पाठक करेंगे।

(शंकर शरण)

1

साम्यवाद के सौ अपराध

वर्ष 1991 में सोवियत संघ और उससे कुछ ही पहले कई अन्य देशों में साम्यवादी व्यवस्थाओं के विघटन के बाद उनके संपूर्ण इतिहास का मूल्यांकन अपेक्षित था। फिर भी सभी देशों में विद्वत् जगत् इसके प्रति प्राय: उदासीन ही रहा। हमारे अपने देश में कई अच्छे-भले जानकार लेखक, टिप्पणीकार साम्यवादी अपराधों की आलोचना इसलिए नहीं करते थे कि उस से संघ-परिवार को लाभ होगा। इस तरह के मिलते-जुलते कारण अन्य लोकतांत्रिक देशें में भी थे जिससे लिबरल लेखक-पत्रकार साम्यवादी इतिहास की विस्तृत आलोचना से बचते थे। वस्तुत: वामपंथी वैचारिकता में एक ऐसा आभासी सम्मोहन और आकर्षण भी है जो हर कहीं शिक्षित वर्ग को इस के प्रति सदय बनाता है। इसीलिए लोकतांत्रिक देशों में शिक्षित वर्ग जाने-अनजाने वामपंथी विचारों का पोषक होता है। इस बात ने भी साम्यवाद की कड़वी सच्चाइयों के प्रति अकादमिक जगत को उदासीन बनाए रखा है।

फिर यह बात भी है कि साम्यवाद के अन्त के बाद मानवता के अपराधियों को सजा देने के लिए न्यूरेनबर्ग मुकदमे जैसे कोई चीज नहीं हुई, जैसी फासिस्टवाद के नाश के बाद हुई थी। एकाध अपवाद को छोड़कर किसी पूर्व-साम्यवादी देश में साम्यवादी अत्याचारों के म्यूजियम नहीं बनाए गए जो आने वाली पीढ़ियों को सदैव चेतावनी देते रह सकें। साम्यवाद के शिकार लोगों की निशानियाँ, *गुलाग* (सोवियत यातना

शिविर) जैसे भयानक लेबर कैंपों की स्मृतियाँ उस तरह नहीं रखी गईं, जैसी फासीवाद की रखी हुई हैं। ऐसे कई कारणों से साम्यवादी इतिहास के मूल्यांकन के प्रति दुनिया भर के इतिहासकारों में उदासीनता दिखाई पड़ती है।

इससे भारत में साम्यवादियों को बहुत लाभ हुआ है। उनके पुराने पापों पर पर्दा पड़ा रहा, और इसीलिए उन्हें पुनः-पुनः नई-नई मनमानियाँ और अपराध करने में संकोच नहीं होता। इसमें कोई संदेह नहीं कि उनके विचारों, सिद्धातों, क्रिया-कलापों और ऐतिहासिक रिकॉर्ड की सभी बातें पूरी तरह शिक्षित जनता, विशेषकर नई पीढ़ियों को मालूम होती रहती, तो देश का बहुत भला हुआ होता। क्योंकि दुनिया भर के साम्यवादी प्रयोगों से यह मूल्यवान शिक्षा मिलती है कि समाज को बदलने का प्रयत्न किस तरह से न किया जाए। उससे अवगत रहना आवश्यक है, ताकि किसी साम्यवादी प्रपंच में लोग न फँसें। परन्तु दुर्भाग्य से भारत में कम्युनिस्ट दबदबा कम नहीं हुआ, बल्कि कई मामलों में बढ़ गया है।

यह जानने-समझने के लिए गहरे शोध की जरूरत नहीं कि आज दुनिया में अनेक सरकारें और प्रभावशाली शक्तियाँ हैं जो अपने-अपने उद्देश्य से भारत के विरूद्ध कार्यरत हैं। कोई भारत में अपने पसंद की आर्थिक, व्यापारिक नीतियाँ बनवाना चाहता है, कोई यहाँ शिक्षा में पश्चिमी-ईसाई विचारधारा का वर्चस्व बनाए रखना चाहता है, तो कोई भारतीय समाज को तरह-तरह से निरंतर बांटे रखना और झगड़ा बढ़ाना चाहता है। कोई हिन्दुओं का धर्मांतरण कराने के लिए कटिबद्ध है, तो कोई यहाँ फिर इस्लामी राज कायम करने के लिए लगा हुआ है। इसके लिए किसी की छवि उभारी जाती है, तो किसी की बिगाड़ी जाती है।

आज के भारत में यदि ऐसी उभरी छवि लोगों में मार्क्सवादियों की बहुतायत दिख रही है तो यह अनायास नहीं है। जैसे, एक वामपंथी टिप्पणीकार, प्रचारक-पत्रकार के रूप में जाने जाते हैं। उनके पास बी. एस-सी. की शैक्षिक डिग्री है। किन्तु हाल में बड़े रहस्यमय तरीके से वह दिल्ली विश्वविद्यालय के राजनीति शास्त्र विभाग में प्रोफेसर हो गए।

अभी उस विभाग के अध्यक्ष हैं। और जवाहरलाल नेहरू विश्वविद्यालय, दिल्ली विश्वविद्यालय समेत अनेक महत्वपूर्ण विश्वविद्यालयों में राजनीति शास्त्र के प्रोफेसर, रीडर आदि की नियुक्ति की चयन समितियों में जमे हैं। अर्थात्, वह ऐसे विषय के प्रोफेसर का चुनाव कर रहे हैं जिसकी स्नातक योग्यता भी उनके पास नहीं हैं। वह कैसे लोगों को चुन रहे होंगे, यह समझने के लिए बड़ी बुद्धि की आवश्यकता नहीं। यह अकेले ऐसे महानुभाव नहीं है। देश के महत्वपूर्ण अकादमिक पदों पर मार्क्सवादी प्रचारकों का कब्जा षड्यंत्रों के माध्यम से ही हुआ है। किन्तु यह सब कैसे होता रहा है?

नीचे संक्षेप में कुछ ऐसे तथ्य और मूल्यांकन हैं, जिन्हें जान लेने के बाद किसी भी सहज, संयत, निष्पक्ष व्यक्ति के लिए कम्युनिस्ट राजनीति को वह आदर देना संभव न होगा, जो उसे मिलता रहा है।

1. पूर्व-साम्यवादी देशों के अभिलेखागार शोधकर्ताओं के खुल जाने के बाद साम्यवाद के सच के बारे में ढेरों नई सामग्री उपलब्ध हुई। पूरी सावधानी और परिश्रम से हिसाब करके विद्वानों ने साम्यवाद के शिकार इंसानों की यह नवीनतम संख्या बताई है। सोवियत संघ: 2 करोड़ मौत, चीन: 6.5 करोड़ मौत, वियतनाम: दस लाख मौत, उत्तरी कोरिया: बीस लाख मौत, कम्बोडिया: बीस लाख मौत, पूवी यूरोप: दस लाख मौत, लैटिन अमेरिका: डेढ़ लाख, अफ्रीका: सत्रह लाख मौत, अफगानिस्तान: पंद्रह लाख मौत, सत्ताविहीन कम्युनिस्ट आंदोलनों और पार्टियों के हाथ: दस हजार मौतें। इस तरह साम्यवादी प्रयोगों के कारण सत्तर-पचहत्तर सालों में कुल मिलाकर दुनिया में लगभग 10 करोड़ लोग मारे गए। जिन्हें अविश्वास हो, वे बस भारत में माओवादियों द्वारा आज भी की जा रही हत्याओं की गिनती रखें। कुछ ही महीनों में दिखेगा कि उपर्युक्त सूची में आखिरी श्रेणी, अर्थात् सत्ता से बाहर 'आन्दोलनरत' कम्युनिस्ट पार्टियों द्वारा मारे गए लोगों की गिनती यथार्थ से कम आंकी गई है।

2. सभी साम्यवादी देशों के रिकॉर्ड दिखाई हैं कि वहाँ अपने ही लोगों पर निर्मम अत्याचार किन्हीं सिद्धांतों से हटने के कारण नहीं,

बल्कि उनके अनुरूप चलने से ढाया गया। बोल्शेविकों से लेकर पोल पोत और अफ्रो-कम्युनिज्म के अन्तर्गत सभी हत्याओं को, उसके कारणों सहित सिलसिलेवार रख कर यही निष्कर्ष निकलता है। इससे वह धारणा चिंदी-चिंदी हो जाती है कि 'साम्यवाद का सिद्धांत तो बडा अच्छा था, उसे व्यवहारिक रूप देने में गड़बड़ी हो गई। यह गलत धारणा वामपंथी ही नहीं, अनेक उदार बुद्धिजीवी भी पाले रहे हैं। तथ्य यह है कि साम्यवाद के सभी आतंककारी तौर-तरीकों की शुरूआत और उसे सैद्धांतिक स्वीकृति लेनिन ने ही दी थी। उनके शिष्यों ने अपनी तरफ से कोई नया सिद्धांत शायद ही गढ़ा। स्तालिन से लेकर होनेकर, कास्त्रो, माओ, चारू मजूमदार तक, सब कहीं शिष्यों के केवल लेनिनीय विचारों को लागू करने के नए-नए तरीके ही बनाए व प्रयोग किए।

3. कुछ लोग साम्यवाद और फासिस्टवाद की तुलना में भ्रमित हो जाते हैं। उन्हें लगता है कि साम्यवाद फासिस्टवाद से कम बुरा था। किन्तु हिटलर के 'नस्ली जन-संहार' और स्तालिन के 'वर्गीय जन-संहार' में एक समानता थी। किसी को दूसरे से छोटा न मानना ही उचित है। दानों सत्ताएं मानवता की अपराधी रहीं, और विराट पैमाने पर। वास्तव में कम्युनिस्टों ने इस भ्रामक धारणा से बड़ा लाभ उठाया है कि नाजी जन-संहार एक अद्वितीय किस्म का अपराध था। स्त्तालिन ने नाजीवाद-विरोधी का रूप ओढ़ कर सोवियत सत्ता के अपराधों को काफी हद तक छिपा लिया। दूसरे कम्युनिस्ट भी अपनी ओर से लोकतांत्रिक देशों के लोगों का संदेह हटाने में काफी सफल रहे। इसीलिए उन्होंने इस प्रचार को खूब बढ़ावा दिया कि वामपंथी अत्याचारों के मुकाबले दक्षिणपंथी फासिस्ट अधिक घृणित हैं।

4. हिटलरी नाजीवाद ने जितने भयानक कुकर्म किए वह लगभग सबके सब सोवियत कम्युनिज्म के तौर-तरीकों की नकल थे। लेनिन और स्तालिन ने जिन क्रूरताओं का आविष्कार व प्रयोग किए, वह हिटलरी जुल्मों से बढ़ कर और व्यापक थे। महान लेखक और

इतिहासकार सोल्झेनित्सिन ने अपने अपूर्व ग्रंथ *गुलाग आर्किपेलाग* में प्रमाणिक रूप से यह दिखाया है। केवल संख्या को ही लें, तो नाजियों के ढाई करोड़ की तुलना में कम्युनिस्टों ने दस करोड़ इंसानों को मारा। दमन, क्रूरता और यातना के स्थूल और सूक्ष्म रूपों का अध्ययन करें तो जर्मनी या इटली के फासिस्ट रूसी या चीनी कम्युनिस्टों से निस्संदेह बहुत पीछे थे। यह सब हम नहीं जानते। इसीलिए वीर सावरकर से लेकर विष्णुकांत शास्त्री तक किसी भी हिन्दू को फासिस्ट कह दिया जाता है और हमारे लेखक-पत्रकार चूँ नहीं बोलते।

फासिस्टवाद की सबसे वीभत्य अभिव्यक्ति आश्वित्ज में हुई थी। वहाँ बड़ी संख्या में लोगों को मारा गया था। बाद में किसी विद्वान ने दर्द से लिखा, 'आश्वित्ज के बाद कविता नहीं हो सकती।' यह पंक्ति हमारे कुछ पढ़े-लिखे मार्क्सवादी दुहराते भी हैं। किन्तु क्या हमें मालूम है कि आश्वित्ज सोवियत कारनामों की ही नकल थी? आश्वित्ज कैंप के कमांडेंट रूडॉल्फ हेस ने अपनी आत्मकथा में लिखा है, "राइख सुरक्षा मुख्यालय ने सभी कमांडेंटों को रूसी यातना कैंपों से संबंधित पूरी रिपोर्ट भेजी थी। उनमें विस्तार से उन कैंपों के संगठन और कामों का विवरण था। उनमें इस बात पर विशेष बल दिया गया था कि कैसे रूसी कैंपों में जबरिया श्रम का जबर्दस्त प्रयोग करके पूरी-पूरी आबादियों को खत्म कर डाला गया।" इस प्रकार, किसी जाति, समुदाय और राष्ट्रीयतः को संपूर्णतः नष्ट करने का काम बीसवीं शती में पहले सोवियत कम्युनिस्टों ने किया था।

5. जो नाजियों ने यहूदियों के साथ किया, वह उनसे काफी पहले सोवियत कम्युनिस्टों ने कुलकों (धनी किसान) के साथ किया था। लेनिन के शासन काल में पूरे रूस में कुलकों को 'परजीवी' और 'कीड़े' कहकर बाल-बच्चों, परिवार समेत निर्ममता पूर्वक मार डाल गया था। यह भयंकर कारनामा तभी हो चुका था, जब दुनिया ने हिटलर का नाम भी नहीं सुना था। प्रसिद्ध रूसी लेखक वसीली ग्रोसमान ने कुलकों के बच्चों के बारे में लिखते हुए नोट किया है, "ठीक इसी तरह

(बाद में) नाजियों ने यहूदी बच्चों को गैस-चैंबरों में डाला था।" अतः यह कहने और करने में कम्युनिस्ट ही आगे थे कि किसी विशेष वर्ग या समुदाय में जन्म लेने मात्र के कारण मानवता के कुछ हिस्सों को जीने का कोई अधिकार ही नहीं। चाहे वह निरपराध ही क्यों न हों। जो बात कुलकों एवं चेचेन जैसे समुदायों के लिए क्रमशः लेनिन और स्तालिन ने घोषित की थी, उसी को हिटलर ने यहूदियों के लिए दुहराया। वही लेनिन और स्तालिन आज भी भारतीय कम्युनिस्टों के आदर्श हैं। इसके भयावह निहितार्थ समझना चाहिए।

6. रूस और पूर्व यूरोप में अनेक ऐसे लोग हुए जिन्होंने नाजी गेस्टापो और सोवियत एम.जी.बी. (सीक्रेट पुलिस) दोनों के हाथों यातना सही थी। उनके तुलनात्मक अनुभव बताते हैं कि नाजियों का रूख अपेक्षाकृत नरम था। एक रूसी पादरी वाई. आई. दिवीनिच के अनुसार गेस्टापो जानना चाहता था कि वह कम्युनिस्ट तो नहीं है। जब आरोप साबित नहीं हुआ तो उसे छोड़ दिया गया। जबकि एम.जी.बी. की रुचि किसी सच्चाई में थी ही नहीं। उसका एक ही सूत्र था कि जिसे पकड़ लिया, उसे छोड़ा नहीं जा सकता। *गुलाग आर्किपेलाग* में अनेक पीड़ितों की गवाही लिपिबद्ध है। 'नीली टोपी वाले' (सीक्रेट पुलिस) मामले गढ़ते थे, और अपने शिकार को यातनाएं देते थे। असंख्य मामलों में यह हर क्षेत्र में केवल कोटा पूरा करने की बात थी कि हमने 'इतने जनता के दुश्मनों को मारा या सजा दी'। इस संख्या का बड़ा होना पुरस्कार और पदोन्नति से जुड़ा था। तरीकों में भी एम.जी.बी. नाजियों से कहीं ज्यादा क्रूर और स्वेच्छाचारी थी।

7. सर्वविदित है कि हिटलर के पतन के बाद जर्मनी में नाजियों पर मुकदमे चले और सजाएं हुई। किन्तु कितने लोगों के ध्यान दिया है कि यह केवल पश्चिम जर्मनी में हुआ, पूर्वी जर्मनी में नहीं? पश्चिम जर्मनी में 86,000 नाजी अपराधियों को सजाएं हुईं। किन्तु कम्युनिस्ट शासन वाले पूर्वी जर्मनी में ऐसा कुछ न हुआ। क्योंकि अधिकांश नाजी

कम्युनिस्ट शासन की सेवा में ले लिए गए। वे दमन और अत्याचार के अनुभवी थे और सरलता से नई वर्दी में आ गए। ठीक वैसे ही जैसे रूस में 1917 ई. में कम्युनिस्टों की सत्ता बन जाने पर पहले के अनेक अपराधी और बेईमान अफसर तुरत कम्युनिस्ट बन गए। उनसे नए कम्युनिस्ट शासन को भारी सहारा मिला, क्योंकि वही लोग बिना नैतिक असुविधा के हर तरह के अत्याचार करके जनता पर नियंत्रण कर सकते थे।

समस्या यह है कि दुनिया भर में कम्युनिस्ट अपराधों के प्रति उदासीनता बरती गई है। इसीलिए हिटलर का नाम जैसा कुख्यात हुआ, वैसा स्तालिन का नहीं हो सका। यही स्थिति उनके अधीन प्रमुख सहयोगियों की भी रही। हिमलेर और आइखमान को दुनिया भर के लोग बर्बरता का पर्याय मानते हैं। किन्तु उन नाजियों से कहीं अधिक, लंबे समय और व्यापक पैमाने पर की गई क्रूरताओं के लिए जर्जिंस्की, येगोदा और येजोव के बारे में कम ही लोग जानते हैं। केवल सोल्झेनित्सिन की एक पुस्तक *गुलाग आर्किपेलाग* (जिसे बीसवीं शती का पूरे विश्व में सबसे महान कथा-इतर लेखन, नॉन-फिक्शन माना गया है) से भी कम्युनिज्म के पूर्ण रूप को पहचाना जा सकता है। जबकि वह केवल 1918-56 के बीच का ही विवरण है, वह भी केवल एक कम्युनिस्ट देश का, आंशिक विवरण मात्र। उसके अतिरिक्त माओ के चीन, पोल पोट के कम्बोदिया, चौसेस्क्यू के रुमानिया, कादार के हंगरी, होनेकर के पूर्वी जर्मनी आदि के विवरणों को बारे मे जानकर इसमें कोई संदेह नहीं रहेगा कि सारी दुनिया में कम्युनिस्ट शासन फासिस्टों के बड़े भाई रहे हैं। न केवल अकथनीय अत्याचार करने में, बल्कि झूठ बोलने और भयंकर दुष्प्रचार करने में भी।

8. इसमें तनिक संदेह नहीं रहना चाहिए कि भारतीय कम्युनिस्ट भी वैचारिक-राजनीतिक रूप में उनसे भिन्न नहीं हैं। ईश्वर की कृपा से उन्हें भारतवर्ष की संपूर्ण सत्ता नहीं मिली। लेकिन जब, जहाँ और जितनी मिली है उसमें उनका चरित्र वही दिखा है। असहिष्णुता, हिंसा,

जबर्दस्ती, मिथ्या व उग्र प्रचार और दोहरापन। केरल, पश्चिम बंगाल के कम्युनिस्ट कार्यकर्तागण हों, या बिहार, आंध्र में माओवादी सबने समय-समय पर वह चरित्र दिखाया है जिसकी पूर्ण अभिव्यक्ति स्तालिन और माओ के निरंकुश शासनों की विशेषता थी। दुर्भाग्यपूर्ण है कि मार्क्सवादी-नेहरूवादी इतिहासकारों द्वारा इतिहास के पूर्ण मिथ्याकरण के कारण हमारे शिक्षित वर्ग में बहुतेरी भ्रांतियाँ बनी हुई है। उन्हें गरीबों का हमदर्द समझा जाता है, जबकि उनकी नीतियाँ केवल विघटन, विध्वंस का लक्ष्य रखती हैं जिससे सबसे अधिक पीड़ित गरीब ही होते हैं।

9. वर्ष 1967-68 में मार्क्सवादी कम्युनिस्ट पार्टी पश्चिम बंगाल में तरह-तरह से उत्पात मचा रही थी। तब वहाँ तात्कालीन राज्यपाल धर्मवीर ने एक बार ज्योति बसु से अनौपचारिक बात-चीत में पूछा कि वे लोग क्यों यह सब कर रहे हैं। बसु ने बेधड़क उत्तर दिया कि मार्क्सवादियों का तो लक्ष्य ही है भारतीय संवैधानिक व्यवस्था और समाज को तहस-नहस कर देना। ताकि उसके बाद वे अपनी इच्छा का कम्युनिस्ट राज्यतंत्र बना सकें। यही दुनिया भर के कम्युनिस्टों की मानसिकता रही है। उनका राजनीतिक आचरण और रणनीति इसकी पुष्टि करती है। सोवियत विघटन और साम्यवादी विचारधारा की पराजय के बाद भी इस मनोवृत्ति में कोई मूलभूत परिवर्तन नहीं आया है। भारतीय कम्युनिस्टों की विखंडनवादी राजनीति इसका शिक्षाप्रद उदाहरण है, जो यहाँ अस्सी वर्ष से भी अधिक समय से चल रही है।

10. इस बीच तरह-तरह के परिवर्तन के बावजूद भारत में कम्युनिस्टों की दो आधारभूत भावनाएं यथावत रही हैं। प्रथम, कम्युनिस्ट देशों, विशेषकर सोवियत संघ या/और चीन के प्रति अंध-भक्ति। द्वितीय, सनातन धर्म व इससे अभिन्न भारतीय राष्ट्रीयता से अंध-घृणा। इन दोनों तत्वों को उचित ही उनका 'फर्स्ट लव' तथा 'फर्स्ट हेट' भी कहा गया है। यदि काल ने उसकी प्रथम भावना का कारक ही मिटा दिया, तब भी उसकी दूसरी भावना आज भी उत्कट है। कुछ महीने पूर्व मार्क्सवादी

कम्युनिस्ट पार्टी की एक नेत्री द्वारा योगाचार्य स्वामी रामदेव को लांछित करने का षड्यंत्र उसी का परिचायक था।

11. यह सांयोगिक न था। भारतीय कम्युनिस्ट आंदोलन अपने जन्म से ही हिन्दू-विरोधी प्रेरणाओं से पोषित होता रहा है। यह उसकी ऐसी परंपरा है तो आज भी उसके विचारों और कर्मों में जारी है। मानवेंद्र नाथ राय ने 1920 ई. में ताशकंद में भारतीय कम्युनिस्ट पार्टी की स्थापना की थी। स्थापना के साथ ही साथ राय के कुछ मुस्लिम मुजाहिदीनों के साथ हाथ मिलाया जो भारत में इस्लामी राज चाहते थे। यह कम्युनिस्ट-इस्लामी योजना विफल हो गई क्योंकि अफगानिस्तान के अमीर हबीबुल्ला को अंग्रेजों ने अपनी तरफ मिला लिया जिसके सहयोग से उस योजना को अंजाम देना था।

12. यदि कोई मार्क्सवादी भी कभी हिन्दू दर्शन-परंपरा के प्रति सम्मान दिखाता है तो कम्युनिस्ट गिरोह उस पर टूट पड़ता है। प्रसिद्ध मार्क्सवादी लेखक डॉ. रामविलास शर्मा की उनके अंतिम वर्षों में जो लानत-मलानत की गई, उसका एक मात्र कारण था कि वह भारतीय मनीषा को मूल्यवान और विशुद्ध भारतीय मानते थे। वह उसे किन्हीं 'बाहरी आर्यों की देन' नहीं मानते थे, न 'आर्य आक्रमण' सिद्धांत से सहमत थे। केवल इसी बात के लिए कम्युनिस्ट लेखकों-प्रचारकों के गिरोह ने डॉ. शर्मा को मरणोपरांत सूली पर चढ़ा दिया।

13. बहुत पहले यही श्री बानी देशपांडे के साथ हुआ था, जो प्रसिद्ध कम्युनिस्ट नेता श्रीपाद अमृत डांगे के जामाता थे। उन्होंने वेदांत पर अपने विद्वत-प्रबंध में यह दिखाया था कि आधुनिक विज्ञान और गणित की कई बातें भारतीय मनीषा में पहले से उपलब्ध हैं। यह लिखने के लिए देशपांडे ही नहीं, बल्कि उसकी अनुशंसा करने के लिए स्वयं डांगे की भी भर्त्सना की गई और देशपांडे की पुस्तक को दुकानों से वापस कराया गया। ऐसे प्रसंग प्रदर्शित करते हैं कि हमारे कम्युनिस्टों के नारे भले बदल जाएं, सनातन (हिन्दू) धर्म और इससे जुड़ी मनीषा और

भावना के प्रति उनका वैमनस्य नहीं बदलता। अपने संपूर्ण इतिहास में भारतीय मार्क्सवादियों का पहला निशाना सनातन धर्म ही रहा है। ज्ञान-विज्ञान और कर्म की इस अतुलनीय संपदा को अंधविश्वास, पोंगापंथ, ढकोसला और सभी बुराइयाँ की जड़ आदि कहते रहना इनकी चारित्रिक विशेषता रही है। हाल में एक माओवादी नेता ने कहा भी कि 'हिन्दू धर्म को मिटाए बिना यहाँ कुछ नहीं हो सकता।'

14. यह सब सांयोगिक प्रकरण नहीं। इसके पीछे सुचिंतित हिन्दू-विरोध की मानसिकता है। आज वामपंथी प्रचार में इस्लामी आतंकवादियों का प्रछन्न बचाव करते हुए देश की सबसे बड़ी समस्या हिंदुत्व को बताया जाता है। हमारे वरेण्य इतिहासकार सीताराम गोयल ने लगभग तीन दशक पहले ही लिखा था कि भारतीय मार्क्सवादियों की हिन्दू-विरोधी भावना इतनी उग्र है कि यदि कभी सोवियत सहारा न रहा तो वे खुशी-खुशी सीधे अमेरिका और मिशनरी गोद में जा पहुँचेगे। यह भविष्यवाणी सटीक साबित हुई है। दो-तीन दशक पहले तक जो मार्क्सवादी बुद्धिजीवी हर बात में अमेरिका को कोसा करते थे, वही आज सबसे अधिक न्यूयॉर्क की सैर करते हैं, तरह-तरह की अमेरिकी, यूरोपीय, मिशनरी, आदि संस्थाओं से वहाँ आने के निमंत्रण पाते हैं, वहाँ जा-जाकर भारत-विरोधी, हिन्दू-विरोधी भाषण और प्रचार करते है।

विदेशी लोग इस बात को समझते हैं कि हिन्दू-विरोध वास्तव में भारत-विरोध ही है, अथवा हिन्दुओं का आत्मविश्वास बढ़ना भारत का आत्मविश्वास बढ़ना, मजबूत होना है। भारत के विखंडन का प्रयास करना, अथवा इसकी अखंडता के प्रति कोई आग्रह न रखना, भारत सरकार की हर बात के लिए लानत-मलानत करना ही वह मर्मभूत तत्व है जिस कारण आजकल विभिन्न अमेरिकी-यूरोपीय संस्थाएं, संगठन हमारे मार्क्सवादी लेखकों, विद्वानों को प्रमुखता से प्रचार दे रही हैं।

किन्तु विचारें – जो अमेरिकी प्रशासन और मीडिया अपने देश में मार्क्सवादियों को तरह नहीं देता, वही भारत के मार्क्सवादियों को क्यों प्रोत्साहित करता है? इसलिए कि अब भारत की वामपंथी बुद्धिजीवी

जमात जाने-अनजाने अमेरिकी संस्थानों, विशेषकर चर्च-मिशनरियों की अंतर्राष्ट्रीय नीति का सक्रिय औजार बन गई है। यहाँ तक कि अमेरिकी सरकार द्वारा मानवाधिकार, धार्मिक स्वतंत्रता आदि विषयों पर जारी भारत-विरोधी रिपोर्टें अब उनके लिए हमारे मार्क्सवादी प्रोफेसर लिखने लगे हैं।

15. उदाहरण के लिए, मार्क्सवादी कम्युनिस्ट पार्टी (माकपा) द्वारा संचालित सफदर हाशमी मेमोरियल ट्रस्ट के सक्रिय प्रचारक एवं जवाहरलाल नेहरू विश्वविद्यालय में एक प्रोफेसर महोदय ने गुजरात दंगों के बाद वाशिंगटन डी.सी. में 10 जून 2002 को वहाँ की सरकारी समिति 'यूनाइटेड स्टेट्स कमीशन ऑन इंटरनेशनल रिलीजस फ्रीडम' (यू.एस.सी.आई.आर.एफ.) के सामने भारत सरकार के खिलाफ मनमानी गवाही दी। इस कमीशन की सुनवाई का उद्देश्य ही था अमेरिका द्वारा भारत पर प्रतिबंध लगाने पर विचार करना। इस प्रकार अपने ही देश पर प्रतिबंध लगवाने के लिए हमारे स्वनामधन्य वामपंथी बुद्धिवीजी अमेरिकी सरकार को प्रेरित कर रहे थे। प्रोफेसर साहब शायद ही अपने पैसे खर्च करके गवाही देने वाशिंगटन गए होंगे। किसने और क्यों इन लोगों की अमेरिका यात्रा का खर्च उठाया?

16. अभी भारत के कट्टर हिन्दू-विरोधी वामपंथी पत्रकारों में प्रफुल्ल बिदवई का स्थान भी पहली पंक्ति में आता है। आप पाकिस्तानी पाठकों और दुनिया को लगातार बताते रहे हैं कि किसी तरह भारत के मुसलमान और ईसाई हिन्दू फासिज्म के तले कराह रहे हैं। ऐसे लेखन को पाकिस्तानी सत्ता और इस्लामी जिहादी मुस्लिम जनता में भारत विरोधी मानसिकता बनाए रखने और अपनी करतूतों को जायज ठहराने के लिए जमकर इस्तेमाल करते हैं। बिदवई और एक अन्य वामपंथी प्रचारक को सन् 2000 में 'इंटरनेशनल पीस ब्यूरो' द्वारा सीन मैक्ब्राइड प्राइज से नवाजा गया। आप दोनों ट्रांसनेशनल इंस्टीच्यूट, एमस्टर्डम के भी फेलो हैं। इंस्टीच्यूट का नाम बड़ा सार्थक है, जो किसी को भी राष्ट्र

से ऊपर उठकर सोचने की प्रेरणा दे सकता है। 1998 में भारत द्वारा परमाणु परीक्षण करने के बाद जो भारत के जो मार्क्सवादी उग्र और आकस्मिक रूप से परमाणु विरोधी हो गए, उनमें बिदवई और विनायक अग्रगण्य हैं।

ध्यान देने योग्य है कि इससे पहले कम्युनिस्ट चीन द्वारा असंख्य परमाणु परीक्षणों पर भी हमारे किसी मार्क्सवादी को उससे विश्व शांति को कोई खतरा नहीं दिखा था। बल्कि वे सोवियत संघ और चीन की आक्रामक परमाणु क्षमता को गर्व का विषय मानते रहे हैं। यानी ऐसे देशों की क्षमता – जिन्होंने चेकोस्लोवाकिया, पोलैंड, हंगरी, अफगानिस्तान, वियतनाम आदि पड़ोसी देशों पर बाकायदा सैन्य हमला या हस्तक्षेप किया था – ऐसे देशों के परमाणु परीक्षण हमारे मार्क्सवादियों को कभी चिंताजनक न लगे। किन्तु भारत जैसे शांतिप्रिय, संकोची, भीरू माने जाने वाले देश द्वारा परीक्षण करते ही मानो इन्हें बिजली करंट लग गया। वे जिहादी रूप में परमाणु विरोधी बन बैठे, और भारत सरकार के विरुद्ध हर संभव प्रचार में लग उठे। इसी का नतीजा थी बिदवई, विनायक जैसे वामपंथियों की अंतर्राष्ट्रीय प्रसिद्धि, दुनिया के कोने-कोने में 'पीस एक्टिविस्ट' के रूप में यात्राएं, पुरस्कार और अनगिनत विदेशी संगठनों द्वारा उनकी प्रचार पुस्तिकाओं का प्रकाशन। इन पुरस्कारों के प्रति बिदवई निरपेक्ष नहीं थे। सीन मैक्ब्राइड प्राइज लेते हुए उन्होंने कहा भी कि इससे "परमाणु प्रसार के विरुद्ध हमारे संघर्ष को वैधता मिलेगी।" दूसरे शब्दों में, भारतीय परमाणु प्रतिरक्षा क्षमता के विरुद्ध हमारे मार्क्सवादियों के अभिमान को 'वैधता' मिलने के लिए वैसे विदेशी पुरस्कार आवश्यक हैं।

17. पिछले वर्षों में भारत के बारे में एक काल्पनिक, झूठी तस्वीर बनाने में सबसे अधिक काम सफदर हाशमी मेमोरियल ट्रस्ट के प्रचारकों ने किया है। इनकी नैतिकता में भी देशभक्ति का कोई स्थान नहीं। वह केंद्र सरकार से अनुदान लेकर भी विदेशों में भारत की बदनामी करना

अपना अधिकार समझती है। इसने जून-सितंबर 2000 में कनाडा में 'गाँधी जी की जयंती' मनाने के नाम पर भारतीय विदेश मंत्रालय से पैसे लिए। लेकिन वहाँ जो प्रदर्शनी लगाई उसमें केवल भारत-निंदा थी कि यहाँ सरकार में प्रभावी हिन्दुत्ववादियों ने अभिव्यक्ति स्वतंत्रता और सेक्यूलरिज्म पर हमला बोल दिया है। ईसाइयों, मुसलमानों को तंग किया जा रहा है, आदि। विदेशों में भारत को बदनाम करना सफदर हाशमी मेमोरियल ट्रस्ट के प्रचारकों का शौक रहा है।

18. जैसे, गोधरा में हिन्दू-दहन कांड पर विदेशों में झूठा प्रचार। गोधरा कांड के बाद 2002 की गर्मियों में इस ट्रस्ट की सचिव शबनम हाशमी ने संयुक्त राज्य अमेरिका में दो महीने तक घूम-घूम कर प्रचार किया कि गोधरा में '59 हिन्दू एक्टिविस्टों' को जलाने का षड्यंत्र हिन्दू उग्रवादियों का था जब कि इसके लिए मुस्लिमों को जिम्मेदार ठहराया गया। अपनी बात को स्पष्ट करने के लिए शबनम हाशमी ने गोधरा-कांड की तुलना सन् 1933 में राईखस्टाग (जर्मन संसद) को जलाए जाने से की। विदित हो कि राईखस्टाग को हिटलर ने जलवाया था, जब कि इल्जाम दूसरों पर लगाया। राइखस्टाग से तुलना करके शबनम हाशमी ने अमेरिकीयों को समझाया कि गोधरा में साबरमती एक्सप्रेस के डिब्बे हिन्दुओं ने जलाए, और इल्जाम मुसलमानों पर लगाया।

19. कृपया ध्यान दें, ऐसे ही दुष्प्रचार को आधार बना कर बाद में अमेरिका ने गुजरात के यशस्वी मुख्य मंत्री नरेन्द्र मोदी को वीसा देने से इंकार कर अपमानित किया। अत: स्वभाविक था कि जैसे ही यह खबर आई, वैसे ही समाचार चैनलों पर शबनम हाशमी ने इसका श्रेय लेने में कोई संकोच नहीं किया। उनके अनुसार, "हम लोग लगातार इसके लिए अभियान चला रहे थे।" भारतवासियों को मार्क्सवादियों के इस देशद्रोही अभियान की पूरी सच्चाई मालूम नहीं है, जिसमें देश और स्थान देखकर गोधरा-कांड और उसके बाद की घटनाओं के बारे में तरह-तरह के झूठ चलाए गए। इस प्रकार देश की छवि पर कालिख पोती।

20. यह सच है कि मार्क्सवादियों का हिन्दू-विरोध उनके अमेरिका-विरोध से अधिक गहरा साबित हुआ। इसीलिए हिन्दुत्व को मिटाने, हराने के लिए उन्हें दुनिया की हर तरह की संस्थाओं के साथ हाथ मिलाने में कोई संकोच नहीं। मीडिया में भी वामपंथियों का वर्चस्व है, इसलिए इस पूरी प्रक्रिया की तस्वीर कभी नहीं आने पाती। क्या यह संयोग है कि हमारे मीडिया में अंतर्राष्ट्रीय मिशनरी, चीनी और पाकिस्तानी संवेदनाओं का जितना ध्यान रखा जाता है उसका दसांश भी भारतीय, हिन्दू संवदनाओं के लिए नहीं दिखता? उदाहरणार्थ, नेपाल में 'लोकतंत्र बहाली' के लिए यहाँ कड़े लेख और संपादकीय लिखे गए। किन्तु पाकिस्तान या चीन के लिए लोकतंत्र की कभी, कोई चिन्ता नहीं की जाती। बल्कि नाम तक नहीं लिया जाता। उल्टे पाकिस्तानी, चीनी तानाशाहों के साथ फोटो खिंचवाने, उनका आतिथ्य पाने के लिए हमारे उन्हीं लेखकों, पत्रकारों की लाइन लगी रहती है। ऐसा विचित्र परिदृश्य लंबे समय की मार्क्सवादी सक्रियता का ही कमाल है।

21. संयोग नहीं कि इस्लामी आतंकवादियों के प्रति हमारे मार्क्सवादी बुद्धिजीवियों में नरमी पाई जाती है। वे किसी न किसी प्रकार उन्हें ढाल प्रदान करते रहते हैं। भारत में इस्लाम की तरफ से बौद्धिक तर्क गढ़ने, प्रचारित करने और लोगों को दिग्भ्रमित करने का काम मुख्यत: मार्क्सवादियों ने किया है। इस्लाम ने कभी अपनी बात शब्दों में रखना नहीं सीखा। इस्लाम को केवल ताकत की भाषा आती है। पाकिस्तान बनाने की जिद भी विचार-विमर्श से नहीं, बल्कि 1946 में 'डायरेक्ट एक्शन' और कलकत्ता की सड़कों पर कत्लेआम, भयंकर दहशत पैदा करके ही मनवाई गई थी। किन्तु अपनी चारित्रिक, विभाजनकारी मानसिकता के कारण कम्युनिस्टों ने जोर-शोर से मुस्लिम लीग का समर्थन किया। मुसलमानों का अलग देश होना चाहिए, इसके लिए तरह-तरह के 'सिद्धान्त' गढ़े और लीग के साथ मिल कर आंदोलन चलाया। कम्युनिस्ट पार्टी की जबर्दस्त हिमायत के चलते ही लीग को एक बौद्धिक आधार मिला। मगर यह बातें भारत की नई पीढ़ी नहीं

जानती, क्योंकि लंबे समय से इतिहास पुस्तकों को पूरी तरह विकृत करके उन्हें इस्लामी-कम्युनिस्ट रंग दिया जा चुका है।

22. इसीलिए आज भी भारत में सक्रिय कम्युनिस्ट उसी तरह बेधड़क अपनी इस्लाम-परस्ती देश पर थोप रहे हैं। यह अकारण नहीं था कि कई लेखक जो सन् 1947 तक मुस्लिम लीग के प्रचारक थे, वह स्वतंत्र भारत में वामपंथी लेखक संगठनों में आ गए। भारतीय वामपंथी आज भी वही कार्य कर रहा है। कश्मीर घाटी से विस्थापित हिन्दू लेखिका क्षमा कौल ने एक बार मध्य प्रदेश के एक बड़े नामी मार्क्सवादी हिन्दी लेखक व संपादक को विस्तार से कश्मीर की स्थिति के बारे में बताया। पूरी समस्या को सांगो-पांग समझ-बूझ लेने, और किसी आपत्ति की गुंजाइश न बचने के बाद उन लेखक महोदय को कोई उपाय न सूझा। तब उन्होंने कहा कि यदि स्थिति ऐसी है तो सभी प्रभावित हिन्दू क्यों नहीं इस्लाम ही कबूल कर लेते। आतंकवाद की समस्या के समाधान के लिए यह एक अनूठा प्रगतिवादी सुझाव था। वस्तुतः मार्क्सवादी मानसिकता निरुत्तर हो जाने पर भी कभी किसी इस्लामी अन्याय, जबर्दस्ती या अपराध का मुकाबला या आलोचना करने की भी इच्छा नहीं रखती। यह भिन्न-भिन्न अवसरों पर भिन्न-भिन्न रूप में व्यक्त होता है।

उदाहरण के लिए, कुछ पहले एक प्रसिद्ध वामपंथी कवि आलोक धन्वा ने भारतीय संसद पर आतंकी हमले (दिसंबर 2001) के मुख्य अभियुक्त मुहम्मद अफजल की तुलना भगत सिंह से की। उन्होंने यह भी कहा कि भारत को कश्मीर स्वतः पाकिस्तान को दे देना चाहिए। यह सब कहने वाले वे अकेले वामपंथी नहीं। अफजल को फाँसी की सजा के विरोध में दिल्ली में धरने पर बैठे महानुभावों में कम्युनिस्ट पार्टी के महासचिव भी शामिल थे। कश्मीर को पाकिस्तान को दे देने की वकालत इससे पहले वरिष्ठ मार्क्सवादी अर्थशास्त्री और पश्चिम बंगाल में मंत्री रहे अशोक मित्रा भी कर चुके हैं। जिस तरह कश्मीर के प्रश्न पर

हमारे सभी वामपंथी निर्विकार रहते हैं, वह उनकी पुरानी हिन्दू-विरोधी और इस्लाम-पक्षी नीति का ही अंग है।

23. मुंबई में 2008 में हुए ताजातरीन आतंकवादी हमले के बाद भी माकपा ने वही नीति प्रदर्शित की। संसद में माकपा नेता सीताराम यचूरी ने इन हमलों की भर्त्सना करने की बजाए भारत द्वारा अमेरिका के साथ रणनीतिक संबंध बढ़ाने को दोषी ठहराया। भाव यह था कि जो इस्लामी शक्तियों को पसंद न हो यदि वह करेंगे तो आप पर हमला होगा ही। दूसरे शब्दों में, भारत की नीतियाँ न केवल यहाँ के उलेमा की इच्छानुसार बल्कि विश्व-भर के इस्लामियों की सामान्य इच्छा के अनुसार होनी चाहिए।

अर्थात् हम भारत के लोग अपने राष्ट्रीय हित-अहित का मूल्यांकन अपने विवेक से नहीं कर सकते। न नैतिकता या लोकतंत्र के आधार पर ही कर सकते हैं। जिस भी मामले में इस्लामी भावना उलझती है, वहाँ हमें संविधान को भी ताक पर रखना होगा। चाहे मामला किसी स्त्री पर अत्याचार का हो, या किसी लेखक की अभिव्यक्ति स्वतंत्रता का, या इतिहास के तथ्यों को जानने या देश के वैदेशिक संबंध तय करने का – जहाँ भी इस्लामी नाराजगी की संभावना हो, वहाँ हमें विनम्रतापूर्वक मात्र वही करना चाहिए जो अलाँ मौलाना या फलाँ अयातुल्ला चाहें। तरह-तरह से यही सीख हमें भारतीय कम्युनिस्ट देते रहे हैं। कभी बहला कर, कभी झूठ बोलकर, तो कभी सीधे-सीधे धमका कर। एम. एन. राय से लेकर बी. टी. रणदिवे और सीताराम यचूरी तक यह प्रवृत्ति अविच्छिन्न रही है।

24. डॉ. राम मनोहर लोहिया ने इस प्रवृत्ति का मूल्यांकन करते लिखा था, "भारतीय कम्युनिस्टों ने भारत विभाजन का समर्थन इस आशा में किया था कि उन्हें नए देश पाकिस्तान में मजबूत आधार मिल जाएगा, भारतीय मुसलमानों में उनका प्रभाव फैलेगा और इससे उन्हें अनजान या कायर हिन्दू मस्तिष्क के समर्थन से वंचित होने का कोई विशेष खतरा

भी नहीं होगा। उनका आकलन इसके अलावा गलत साबित हुआ कि भारतीय मुसलमानों के बीच उन्हें जहाँ-तहाँ थोड़ा प्रभाव हासिल हुआ और हिन्दुओं में उनके प्रति कोई भारी क्रोध पैदा नहीं हुआ। इस प्रकार उन्होंने अपना कोई नुकसान नहीं किया, न ही देश का कोई भला किया" (*गिल्टी मेन ऑफ इंडियाज पार्टीशन*)। कितनी बड़ी विडंबना है कि जिन मार्क्सवादियों ने इतनी बुद्धि लगाकर भारत का इस्लामी-मजहबी आधार पर विभाजन कराया, वे पिछले कई दशकों से 'धर्म-निरपेक्ष' बनने का नाटक कर रहे हैं।

25. मार्क्सवादी कभी 'धर्म-निरपेक्ष' नहीं, बल्कि सदैव हिन्दू-विरोधी और इस्लाम-परस्त थे। आज भी इस्लामी आतंकवाद के बचाव में तर्क गढ़ने तथा लोगों को दिग्भ्रमित करने का काम वही कर रहे हैं। मुहम्मद अफजल को भगत सिंह बताना और कुछ नहीं। मार्क्सवादी इतिहासकारों द्वारा संपूर्ण इस्लामी इतिहास की लीपा-पोती का भी लक्ष्य वही रहा है। उसी का परिणाम है कि देश के टुकड़े करवाने और लाखों भारतीयों का संहार करवाने वाली मुस्लिम लीग आज केंद्रीय सत्ता में भागीदार है, जब कि वीर सावरकर जैसे महापुरुषों को स्मृति से भी आदर-च्युत करने का षड्यंत्र होता है।

26. मार्क्सवादी इतिहासकारों ने इतिहास का घोर मिथ्याकरण करके 12-18 शती के बीच के भारतीय इतिहास को पूरी तरह विकृत करके प्रस्तुत किया। दिल्ली सल्तनत से लेकर संपूर्ण मुगल काल में इस्लामी शासकों के शासन की विशेषताओं, उनके अत्याचारों की पूरी लीपा-पोती की। इन इतिहासकारों (जैसे, हरबंस मुखिया) ने दसवीं शती से भारतवर्ष पर हुए इस्लामी लुटेरों, आतताइयों के निरंतर आक्रमण को 'बहादुरों' का 'आगमन' बताया है। उन्होंने मध्यकालीन भारतीय इतिहास को काट-छाँटकर, रंग-रोगन कर इस तरह से पेश किया गया जिससे पाठक आक्रांता मुस्लिम शासकों को भी स्वदेशी भारतीय राजाओं की परंपरा में भी सहज 'स्वीकार' कर लें।

भूमंडल के अन्य देशों में भारतीय और 'हिन्दू' को सदैव समानार्थी माना जाता है। 'हिन्दू' शब्द स्वयं पश्चिमी लोगों की देन है, जो वास्तव में उस संपूर्ण जीवन-पद्धति, जीवन-दर्शन की द्योतक है जो यहाँ चिर-काल से सनातन धर्म रूप में समझी जाती है। किन्तु लगभग तीन दशक पहले से देश की शिक्षण संस्थाओं को निरंतर प्रेरित, निर्देशित किया गया कि भारत का इतिहास उस विंदु से पढ़ना-पढ़ाना आरम्भ करें जब से भारत में इस्लाम का 'आगमन' हुआ। जब से इस्लामी प्रभाव में 'हिन्दू धर्म की कुरीतियों में सुधार' शुरू किया गया, हमारे देश के बच्चे भारतीय इतिहास का आरंभ वहीं से मानें। यही बात ईसाई मिशनरी प्रचारक कहते रहे हैं जो पूरे भारत को ईसाई बनाकर इसे 'मुक्त' करना चाहते हैं। यही इस्लामी साम्राज्यवाद सदैव कहता रहा है जो भारत को दारूल-इस्लाम बनाने की जुगत में शतियों से लगा है।

27. दुनिया में कहीं भी मार्क्सवादी लोग इस्लाम के प्रति इतने सदय नहीं रहे, जितने भारत में। इसका रहस्य यह है कि इस्लाम और मार्क्सवाद, दोनों साम्राज्यवादी राजनीतिक विचारधाराएं हैं। इस देश में उन्हें सबसे सशक्त प्रतिरोध हिन्दू विचार-पद्धति से मिलता रहा है, जो स्वभावतः सभी एकांतिक विचारणाओं के प्रतिकूल है। इसीलिए इस देश में मार्क्सवादियों की पहली प्रतिज्ञा जाने-अनजाने हिन्दू-विरोधी ही रही है। यही उन्हें समय-समय पर इस्लाम के पक्ष में तर्क- कुतर्क देने के लिए बाध्य करती है। यह बात आज भी उतनी ही सच है, जितनी साठ साल पहले थी।

28. मार्क्सवादियों द्वारा अयोध्या विवाद को भी हल न होने देने के पीछे भी वही भाव था। उन्होंने हिन्दुत्व को परास्त करने की जिहादी धुन में 1989-91 में मुस्लिम नेताओं को कट्टर रूख लेने के लिए सक्रिय रूप से प्रोत्साहित किया था। वे आज भी यही कर रहे हैं।

29. जिस भारत-विरोधी मानसिकता का आरोपण कम्युनिस्ट मुहावरों ने 1930 ई. में आरम्भ किया था, आज वह विभिन्न अकादमिक, शैक्षिक

संस्थानों का आधिकारिक स्वर हो गया है। हमारे असंख्य प्रतिष्ठित लेख्क, प्रोफेसर, पत्रकार जिस भाषा का प्रयोग करते हैं, उसकी अधिकांश निष्पत्तियाँ राष्ट्र-विरोधी और हिन्दू-विरोधी हैं। उससे विदेशी साम्राज्यवादी हितों का स्वार्थ-साधन होता है। इसका ज्वलंत उदाहरण इतिहास लेखन और पाठ्य-पुस्तकों का संपूर्ण विवाद है। मार्क्सवादी प्रभाव में जो भी निर्देश दिए गए हैं, वह एक-एक कर इस्लामी और ईसाई साम्राज्यवादी धारणाओं का प्रचार करती हैं। उन धारणाओं का लक्ष्य उस बौद्धिक-सांस्कृतिक परंपरा का नाश करना है जिससे भारत की प्राणवत्ता बनती हैं।

30. जब बुद्धदेव भट्टाचार्य पश्चिम बंगाल के मुख्य मंत्री बने तो राज्य में कई मदरसों से चल रही संदेहास्पद कार्रवाइयों पर अंकुश लगाने का निश्चय किया। स्थिति कितनी बिगड़ चुकी थी, यह स्वयं उनके बयानों से स्पष्ट है। उन्होंने कहा था कि "कुछ मदरसे जो शिक्षा दे रहे हैं, उस पर उन्हें सफाई देनी चाहिए"। यह भी कि "कुछ मुस्लिम उसी तरह देशभक्त नहीं हैं जैसे कुछ हिन्दू जो बजरंग दल और आर. एस.एस. जैसे संगठनों से जुड़े हैं" (द *हिन्दुस्तान टाईम्स*, 2 फरवरी 2002)। इन बयानों के पीछे का सच आसानी से समझा जा सकता है। किन्तु मार्क्सवादी कम्युनिस्ट पार्टी इन बयानों पर भड़क उठी। अन्य माकपा नेताओं ने बुद्धदेव को न केवल चुप कराया, बल्कि ज्योति बसु ने उन्हें माफी माँगने तक कहा।

यह उदाहरण प्रमाणिक रूप से दिखाता है कि जिस इस्लामी-मार्क्सवादी 'प्रगतिशील' मानसिकता ने 1947 में देश का विभाजन कराया था, वह आज और भी बड़ी हानि पहुँचाने की क्षमता रखती है। यह खतरा हिन्दू सभ्यता के लिए अस्तित्व के संकट में बदल चुका है। दुर्भाग्य से विभिन्न क्षेत्रों में हमारे नेतृत्वकारी लोग इस भयंकर खतरे के प्रति उतने ही गाफिल हैं जितने साठ-सत्तर वर्ष पहले थे।

31. ध्यातव्य है कि किसी भी यूरोपीय विचारधारा ने संपूर्ण भारत को कभी प्रभावित नहीं किया। सौ वर्ष पहले बंगाल में उठे स्वदेशी

आंदोलन द्वारा भारतीय परंपरा के आधुनिक मनीषियों ने ही संपूर्ण भारत को जगाने और आत्मविश्वास भरने में सफलता पाई थी। उन में बंकिमचंद्र, दयानंद सरस्वती, स्वामी विवेकानंद, श्रीअरविंद, तिलक के नाम अग्रगण्य हैं। बंकिम के गीत 'वंदे-मातरम्' ने ही आज से सौ वर्ष पहले पहली बार संपूर्ण देश को एक साथ राजनीतिक रूप से उद्वेलित किया था। वस्तुतः वह एक जादुई मंत्र ही बन कर आया था। श्रीअरविंद के नेतृत्व में ख्याति-प्राप्त समाचार-पत्र *वंदेमातरम्* (1906-1908) ने अपूर्व भूमिका निभाई थी। यह मात्र उस परंपरा का प्रभाव था जिसे संपूर्ण विश्व *वेद, पुराण, उपनिषद्, महाभारत* और *रामायण* की परंपरा या भारतीय परंपरा मानता है।

दुर्भाग्यवश स्वतंत्र भारत की आधिकारिक नीति को इस प्राणवंत भारतीय परंपरा के काट दिया गया। चाहे बंकिम, तिलक, श्रीअरविंद सावरकर व गाँधी के विचारों ने करोड़ों लोगों को प्रेरित किया हो, किंतु स्वतंत्र भारत का लक्ष्य व नीति निर्धारित करने में उन्हें तिलांजलि दे दी गई। यह मार्क्सवादी कुचक्रों का भी परिणाम था। 1947 में स्वतंत्रता प्राप्ति के साथ ही 'वंदे-मातरम्' को कथित सेक्यूलरिज्म की बलि चढ़ा दिया गया। उसी क्रम में आज दयानंद, विवेकानंद या श्रीअरविंद के अमूल्य विचारों का अनुकरण तो क्या – उनकी चर्चा करना भी आज किसी को अकादमिक, राजनीतिक जगत में अस्पृश्य बना सकता है। उनके विचारों का उल्लेख करते ही तुरंत ही 'सांप्रदायिक', 'पोंगापंथी', 'ब्राह्मणवादी', 'अंध-राष्ट्रवादी', 'अल्प-संख्यक विरोधी' जैसी बौद्धिक-राजनीतिक गालियों से आपका सत्कार हो जाएगा। प्रातः स्मरणीय मनीषियों अथवा भारतीय मनीषा के कालजयी ग्रंथों की बात दुहराना भी आज भारत में स्वयं को लांछित किए जाने का आमंत्रण बन गया है। यह सब मुख्यतः मार्क्सवादी-नेहरूवादी प्रचारकों, राजनीतिकों द्वारा सत्ता के दुरूपयोग, सेंसरशिप और निरंतर विविध प्रपंचों से किया गया।

यह कैसे हुआ कि जो 'सेक्यूलरिज्म' या 'सोशलिज्म' हमारे राष्ट्रीय आंदोलन की प्रेरणा अथवा आदर्श नहीं था, वह दोनों की मतवाद आज भारतीय संविधान के प्रथम पृष्ठ पर आसीन हैं, और भारतीय चिंतन

परंपरा के कालजयी निर्देश उपेक्षित पड़े हैं? वह निर्देश जो संपूर्ण मानवता की अनमोल धरोहर हैं, जो हमारे महान ग्रंथों व लोक परंपरा में अभी भी बहुत कुछ सुरक्षित हैं, उसे 'रिलीजियस' श्रेणी का घोषित कर सेक्यूलरिज्म के नाम पर किनारे कर दिया गया। जबकि वह दर्शन, आरोग्य, राजनीति, नैतिकता, प्रकृति ज्ञान और श्रेष्ठ, सुसंस्कृत आर्थिक, सामाजिक जीवन जीने के लिए अतुलित ज्ञान से भरे हुए हैं।

32. उदाहरणार्थ, महान समाजशास्त्री मैक्स वेबर ने म्यूनिख विश्वविद्यालय में अपने सुप्रसिद्ध व्याख्यान 'पॉलिटिक्स ऐज ए वोकेशन' (1919), जो आधुनिक राजनीति की सैद्धांतिक-व्यवहारिक समझ के लिए अत्यंत मूल्यवान है, उसमें राजनीति एवं नैतिकता के अंत:संबंध पर विचार करते हुए जिन चार कृतियों का उल्लेख किया है, उनमें से तीन भारतीय मनीषा से हैं। *उपनिषद्*, *भगवदगीता* और कौटिल्य का *अर्थशास्त्र*। मैक्स वेबर को नैतिकता के दृष्टिकोण से राजनीतिक आचार-व-कर्म की ऐसी अविच्छिन्न प्रस्तुति हिन्दू मनीषा छोड़ कहीं और नहीं मिली। इस संदर्भ में 'हिन्दू' शब्द मैक्स वेबर ने ही प्रयोग किया है। आज भारत में कोई पाठ्य-पुस्तक में यही बात लिख दे, तो उसे 'राजनीति शास्त्र का भगवाकरण' कह कर लांछित किया जाएगा। यह आत्महीन स्थिति बनाने में नेहरूवादी-प्रगतिवादी नीतियों का बड़ा हाथ है, जिसके कार्यपालक अधिकारी तरह-तरह के मार्क्सवादी ही रहे हैं।

33. स्वतंत्रता के पश्चात भारत की संपूर्ण नीति सोवियत कम्युनिज्म से गहरे प्रभावित रही। नेहरूजी के लेखन, भाषण, नीति-निर्णय, आदि के गंभीर अवलोकन से स्पष्ट होगा कि कम्युनिस्ट देशों के अतिरिक्त भारत ही ऐसा देश था जो पश्चिमी लोकतांत्रिक व्यवस्था अपना कर भी मुख्यत: कम्युनिस्ट अंधविश्वासों से परिचालित होता रहा। स्वतंत्र भारत के अधिकांश नीति-दस्तावेज और विचार-विमर्श सोवियत-मार्क्सवादी प्रेरणाओं से जनित हैं। जिसने भारतीय परंपरा एवं मनीषियों के विचारों को दो कौड़ी का समझ कर त्याग दिया था। उनके स्थान पर स्तालिन,

माओ जैसे कम्युनिस्ट नेताओं की लफ्फाजियों; हेराल्ड लास्की, रजनी पामदत्त, मौरिस डॉब, जैसे यूरोपीय लेखकों-टिप्पणीकारों; तथा सोवियत-चीनी प्रचार के दावों को ध्रुव-सत्य मानकर उसी दुराशा में भारत के नवनिर्माण की योजना बनाई गई। उसी का परिणाम था कि निरंतर सरकारी समर्थन से 'समाजवाद', 'प्रगतिशीलता', 'साम्राज्यवाद-विरोध', 'सेक्यूलरिज्म', 'वैज्ञानिक दृष्टि' आदि संज्ञा-विशेषणों से जुड़ी वैचारिकता एक स्थापित, प्रभावी अकादमिक विचारधारा बन गई। किन्तु जो किसी भी परिभाषा से अंधविश्वास के अतिरिक्त और कुछ नहीं था। उन नारों, मुहावरों में से अधिकांश का कोई सुसंगत अर्थ नहीं है। इसीलिए जो अर्थ एक समय व स्थान पर बताए जाते हैं, वही हवा देख कर बाद में या किसी भिन्न स्थान पर परिवर्तित कर दिए जाते हैं। समाजवाद को कभी बड़े दर्प से 'वैज्ञानिक', 'अनुभव-प्रमाणित' आदि कहा जाता था। सोवियत विघटन के बाद उसकी वैसी कोई परिभाषा अब सुनने को नहीं मिलती जो 1930 से 1990 तक ठसक और अहंकार से थोपी जाती थी। क्या वह अंधविश्वास न था जिसे विवेक-बुद्धि रखने वाले पुराने कम्युनिस्ट भी याद नहीं करते? यह हमारी वैचारिक पराधीनता का संकेत है कि 1976 में जबर्दस्ती व धोखे से भारतीय संविधान में घुसाए गए विचार 'सोशलिस्ट' को अभी भी निकाला नहीं गया है।

यदि 'पंचशील समझौता' (1954), 'औद्योगिक नीति' (1956), 'शिक्षा नीति' (1966), 'गुट-निरपेक्ष आंदोलन' आदि का उनकी परिकल्पनाओं, और उनके परिणामों का ठोस तथ्यों के आलोक में आज पुनरावलोकन करें तो यह सोवियत संविधान और सोवियत वास्तविकता के बीच की विराट खाई जैसी ही दयनीय दिखेगी। इस सत्य को पर्याप्त महत्व नहीं दिया गया है कि स्वतंत्र भारत की दुर्गति में मार्क्सवादी-नेहरूवादी अंधविश्वासों का कितना बड़ा हाथ था। पर जैसे चीन की वास्तविक प्रगति कम्युनिस्ट जड़सूत्रों को छोड़ 'आधुनिकीकरण' (1978) के बाद से ही आरम्भ हो सकी, वैसे ही भारत का आर्थिक विकास भी 'उदारीकरण' (1991) बाद ही हुआ। अभी पश्चिम बंगाल की मार्क्सीय सरकार भी वही करने का विकट प्रयास कर रही है।

34. सारत: नेहरूवाद यहाँ सोवियत मार्क्सवाद का ही एक छद्म, किन्तु वफादार रूप रहा है। इसीलिए यह हमारे लिए प्रत्येक विजातीय, विस्तारवादी, हानिकारक विचारधाराओं का भी समेकित रूप बनता गया। यह संयोग नहीं है कि नेहरू जितना ही कम्युनिस्ट विचारों को अपनाते गए, उतना ही भारतीय संस्कृति व चिंतन-धारा से दूर होते गए और प्रत्येक आक्रामक, साम्राज्यवादी विचारधाराओं के पृष्ठ-पोषक बनते गए। नेहरूजी के भाषणों, पुस्तकों में ही नहीं, विभिन्न सहयोगियों, संबंधियों को लिखे निजी पत्रों में भी देखा जा सकता है। कि वह सोवियत प्रचारों पर कैसे लट्टू थे, और यहाँ भी 'समाजवादी पद्धति का समाज' बनाने के लिए सोवियत तरीकों का अधीर अनुकरण करना चाहते थे। यहाँ तक कि उन्हें अपनी कांग्रेस पार्टी के समक्ष माओ के रेड-गार्ड अधिक उपयुक्त लगते थे। यह सोवियत-चीनी राज्यतंत्र के प्रति अज्ञान और अंधविश्वास का एक विशिष्ट नेहरूवादी मिश्रण था।

धीरे-धीरे पूरे भारत को अपनी गिरफ्त में लेता वह वामपंथी अंधविश्वास किस विराट पैमाने का था, यह परखने के लिए नेहरूजी के तमाम लेखन-भाषण, संसद में हुई नीति-गत बहसों, कांग्रेस व कम्युनिस्ट पार्टियों के तमाम प्रस्तावों, दस्तावेजों, विभिन्न शैक्षिक-अकादमिक आयोगों की अनुशंसाओं, प्रगतिशील-जनवादी लेखक संघों तथा कम्युनिस्ट देशों द्वारा प्रायोजित विभिन्न सांस्कृतिक मंचों से जुड़े प्रभावी लेखकों, पत्रकारों, कवियों, प्रोफेसरों द्वारा लिखे-छपे-बँटे लाखों पन्नों को पढ़ना या कम से कम पलटना अवश्य पड़ेगा। जिन से हमारी अर्थ-नीति, विदेश नीति, शिक्षा नीति, और साहित्यक-सांस्कृतिक गतिविधियाँ दशको निर्देशित होती रहीं – और आज भी जिन का असर गहरा है। तब हम देख सकेंगे कि स्वतंत्र भारत में राज्यसत्ता और नीति-निर्धारण पर कितना जबर्दस्त वामपंथी नियंत्रण रहा। इसने हमें वैचारिक रूप से अत्यंत पंगु और पराधीन बनाए रखा है।

जब नेहरू स्तालिन को 'इतिहास के इंजन का ड्राइवर', 'शांति का महान पुजारी' आदि कह रहे थे, उसी समय दुनिया में नेता और विद्वान ही नहीं, असंख्य सामान्य लोग भी स्तालिन को भयंकर तानाशाह तथा

सोवियत व्यवस्था को भयावह विडंबना के रूप में पहचान चुके थे। भारत में भी विभिन्न चिंतकों ने कम्युनिस्ट सिद्धांत–व्यवहार पर ऊँगली रखी थी। उदाहरणार्थ, श्रीअरविंद ने हिटलर को 'शैतान का दूत' और स्तालिन को 'स्वयं शैतान' बताया था। उन्होंने कहा था कि सोवियत संघ में "अगर तुम लेनिन या स्टालिन से भिन्न प्रकार से सोचो तो तुम मिटा दिए जाओगे"। हमारे लिए भी उन्होंने चेतावनी दी थी कि "अब भारत समाजवाद की ओर बढ़ रहा है, यह उसके लिए खतरनाक है", आदि। यह सब उन्होंने 1938–39 में ही कह दिया था। इसलिए यह नहीं कि हमें सच्चाई बताई नहीं गई थी।

बात उलटी है। कि सच्चाई नग्न रूप में प्रकट हो चुकने के बाद भी नेहरू तथा मार्क्सवादियों ने स्तालिन–भक्ति और सोवियत प्रचार नहीं छोड़ा। उस स्तालिन की भक्ति जो एक मात्र राष्ट्राध्यक्ष था जिसने न तो भारत के स्वतंत्र होने पर शुभकामना संदेश भेजा, न महात्मा गाँधी के निधन पर शोक–संदेश! वही स्तालिन जिसने कहा था, "दस लाख व्यक्तियों की मौत महज आँकड़ा होता है" कोई ट्रेजेडी नहीं, तथा "कृतज्ञता कुत्तों की बीमारी है।"

यह भी लाक्षणिक है कि 1956 में स्वयं सोवियत नेता ख्रुश्चेव द्वारा पिछले चार दशक में स्तालिन के क्रूर कारनामों तथा सोवियत समाजवाद की भयावह सच्चाइयों की स्वीकारोक्ति के बाद भारत में कांग्रेस पार्टी ने 1957 में समाजवाद को अपना लक्ष्य घोषित किया। तात्कालीन कांग्रेस नेताओं के अनुसार वह नेहरू जी का 'दीने इलाही', एक निजी खब्त था जो उन्होंने कांग्रेस के पास करा लिया। और यही बात ध्यान देने की है। कि जब दुनिया भर में अच्छे–अच्छे कम्युनिस्ट समाजवाद से तौबा कर रहे थे, उस समय नेहरू इसे अपनी पार्टी पर थोप रहे थे। इस संपूर्ण पृष्ठभूमि को बिना समझे हम भारत में मार्क्सवादी वर्चस्व, नेहरूवाद, समाजवादी आंदोलन और यहाँ उसकी विनाशक भूमिका आदि का आकलन नहीं कर सकते।

35. स्वतंत्र भारत में हमारी महान चिंतन-परंपरा का अवमूल्यन तथा दयानंद, विवेकानंद, श्रीअरविंद, जैसे मनीषियों की अनुशंसाओं का लोप स्वतः नहीं हुआ। कम्युनिस्ट देशों वाली शैली में उन्हें छल-बल-लांछन से गुम किया गया और उनके स्थान पर लेनिन, स्तालिन, माओ और नेहरू के तैयार निष्कर्षो को दिन-रात प्रचारित किया गया। यह नोट करने की बात है कि नेहरूजी के काल में ही सत्ता के दुरूपयोग, सेंशरशिप, प्रोत्साहन-हतोत्साहन तथा अवैध-अनैतिक तरीकों से भारत में कम्युनिज्म के प्रति आलोचनात्मक अध्ययन-विमर्श को रोका गया। जैसे सोवियत संघ या लाल चीन में स्वतंत्र विचार, आलोचना को छल-बलपूर्वक दबाया जाता था, स्वतंत्र भारत में भी कम्युनिस्ट-विरोधी विचारों को उसी तरह कुचला गया। एक लोकतांत्रिक व्यवस्था की सीमाएं ही रुकावट थी, अन्यथा मानसिकता और शैली लगभग वही थी। अतः बात केवल समाजवाद की शाब्दिक स्वीकृति की नहीं थी। यथासंभव व्यवहार में भी उसे लागू किया गया।

36. इसके वैसे ही परिणाम भी हुए। दासवत व्यक्ति-पूजा, हर तरह के संस्थान, भवन, पथ, उद्यान, विश्वविद्यालय, अकादमी, कॉलोनी, योजनाओं आदि के नाम नेहरू, इंदिरा, राजीव आदि से जोड़ कर रखते जाना भी विशुद्ध मार्क्सवादी-समाजवादी अनुकरण है। किसी 'बुर्जुआ' देश में ऐसा नहीं देखा जा सकता, चाहे कोई नेता कितना भी महान या लोकप्रिय क्यों न रहा हो। उसी तरह 1970 के दशक में कांग्रेस-कम्युनिस्ट नेताओं द्वारा देश में 'कमिटेड' न्यायालय, 'कमिटेड' नौकरशाही-प्रेस-संसद-पुलिस-लेखक आदि सभी क्षेत्र में 'कमिटेड' लोगों की माँग भी सोवियत-चीनी प्रणाली से उपजी हुई ख्वाहिश ही थी। इतना ही नहीं, ऊपर से नीचे तक भ्रष्टाचार भी समाजवादी अर्थ-प्रणाली, मनोवृत्ति का ही परिणाम था, जिसमें इसे कोई बड़ी बात नहीं माना जाता था। यह कह कर कि 'यह तो सब जगह है'। समाजवाद के लक्ष्य के समक्ष राजनीति, प्रशासन आदि में भ्रष्टाचार को तुच्छ विषय समझना नेहरू के समय से ही आरंभ हो गया था।

37. कम्युनिस्ट मिथ्या-प्रचार के विरुद्ध वैचारिक जागृति लाने का प्रयत्न यहाँ भी समर्थ रूप में आरंभ हुआ था। जो संघर्ष रामस्वरूप की पुस्तिका *लेट अस फाइट द कम्युनिस्ट मीनेस* (1948), *रसियन इंपीरियलिज्म: हाउ टु स्टॉप इट* (1950) जैसे गंभीर प्रकाशनों – जिसे श्रीअरविंद, बर्ट्रेंड रसेल, आर्थर कोएस्लर, फिलिप स्प्रैट जैसे विश्व-विख्यात विद्वानों का आशीर्वाद भी मिला था – तथा 'सोसाइटी फॉर डिफेंस ऑफ फ्रीडम इन एसिया' (1952) की स्थापना के साथ आरंभ हुआ था, उसे यदि आरंभ में ही दबोच कर नष्ट न किया गया होता तो यहाँ भारतीय चिंतन-परंपरा को अपदस्थ कर वामपंथी दबदबा कायम नहीं हो सकता था। यह एक लोकतांत्रिक देश में अभिव्यक्ति स्वतंत्रता का दमन करके किया गया।

इसके लिए किन तरीकों का सहारा लिया गया? ध्यान दें – सार्वजनिक पुस्तक प्रदर्शनी में स्वयं सरकारी अधिकारियों द्वारा (पार्टी कार्यकर्ताओं या गुंडों द्वारा नहीं) प्राची प्रकाशन का स्टॉल जबर्दस्ती बंद करवा कर (कलकत्ता, अप्रैल 1954); शुल्क देकर पोस्टल विभाग द्वारा नियमानुरूप प्राप्त की गई फ्रैंकिंग सुविधा को अवैध तरीके से छीनकर (1953); कम्युनिज्म विरोधी सम्मेलनो में जाने से रोकने के लिए बिना कोई कारण बताए पासपोर्ट न देकर (मई 1955); सोवियत या चीन के प्रति आलोचनात्मक वैचारिक सम्मेलनों को विफल बनाने के लिए बड़े लोगों को कह-सुन कर उसमें जाने से रोक कर; प्रेस में उन सम्मेलनों की चर्चा को गुम या कम करवा कर; आयोजकों-लेखकों को अधिकारियों द्वारा परेशान करवा कर; अखबारों में महत्वपूर्ण पदों पर कम्युनिस्टों, और उनसे सहानुभूति रखने वालों को नियुक्त करवा कर; उनके माध्यम से कम्युनिज्म के आलोचक लेखकों, विद्वानों पर प्रेस में तरह-तरह के लांछन लगवाकर; आदि तरीकों से नेहरूजी के समय में इस वैचारिक आंदोलन को खड़े होने से पहले ही गिरा दिया गया था।

38. जबकि ठीक उसी समय कम्युनिस्ट प्रचार-साहित्य देश भर में फैलाए जा रहे थे। सोवियत प्रायोजित, चीन प्रायोजित जलसों, सम्मेलनों

में प्रति वर्ष सैकड़ों भारतीय नेता, बुद्धिजीवी मॉस्को पेकिंग जाते रहते थे। गृह मंत्रालय और संसद की जानकारी में सोवियत-चीन धन का यहाँ की कम्युनिस्ट पार्टी के माध्यम से राजनीतिक कार्यों में अवैध उपयोग हो रहा था। उसी धन से तथाकथित विश्व-शांति, साम्राज्यवाद-विरोध, प्रगतिशील लेखक, कलाकार संघों, नई-नई प्रकाशन संस्थाओं, अखबारों आदि विभिन्न नामों-माध्यमों से कम्युनिस्ट प्रचार को निर्बाध चलने दिया जा रहा था। बल्कि प्रोत्साहित किया जा रहा था। अर्थ-व्यवस्था, शिक्षा, संस्कृति और प्रत्येक क्षेत्र में कम्युनिस्ट देशों की 'चमत्कारी सफलता' के मिथ्या प्रचारों को यहाँ जनता तक दूर-दूर पहुँचाना चल रहा था। उसी असर और नकल में यहाँ भी योजनाएं, विभिन्न आयोग, अकादमियाँ, संस्थान, समितियाँ आदि बन रही थीं जिनका दर्शन ही नहीं काम-काज के तरीके तक सोवियत मॉडल से प्रभावित थे। (आज भी उनमें से कई संस्थाएं सफेद हाथी या क्षुद्र प्रचार-संस्थान बनी देश के गले का बोझ बनी हुई हैं।)

39. वस्तुतः 1947 के बाद हमारे देश की शिक्षा-व्यवस्था, शोध, नीति-निर्माण आदि में भारतीय चिंतन परंपरा और स्वाधीनता आंदोलन के मूल्यों की मात्र उपेक्षा की गई थी। किंतु समय के साथ उपेक्षा से आगे बढ़कर अब उन मूल्यों के विरुद्ध दोषारोपण, दुष्प्रचार आरंभ हो गया है। उदाहरण के लिए जो भगवा रंग भारतीय अस्मिता का प्रतीक है, जो भारत के राष्ट्र-ध्वज में भी उसी कारण सादर रखा गया था, वही आज 'भगवाकरण' के रूप में लांछन का शब्द बन गया है। यह यहाँ के बौद्धिक वर्ग पर कम्युनिस्ट वैचारिकता की क्रमशः बढ़ती जकड़ का भी परिणाम है।

सन् 1950 में बने भारतीय संविधान के पहले पृष्ठ पर "प्रस्तावना" है। उसमें सन् 1975 में कुख्यात 42वें संशोधन द्वारा दो अत्यंत वजनी, गूढ शब्द जोड़े गए – 'सोशलिस्ट' और 'सेक्यूलर'। जहाँ मूल संविधान में भारत को 'लोकतांत्रिक गणराज्य' कहा गया था, वह इस संशोधन के बाद 'लोकतांत्रिक समाजवादी सेक्यूलर गणराज्य' में बदल दिया गया।

40. उस संशोधन के पीछे गर्हित स्वार्थ थे। प्रतिष्ठित अंग्रेजी मासिक *सेमिनार* की संस्थापक राज थापर ने अपनी आत्मकथा में लिखा है कि तात्कालीन प्रधान मंत्री इंदिरा गाँधी के सचिव पी. एन. हक्सर मार्क्सवादी विचारों के थे। उन्होंने सभी महत्वपूर्ण अकादमिक, राजनीतिक पदों पर कम्युनिस्टों को नियुक्त करना आरंभ किया, जिसके पीछे देश में "ऊपर से क्रांति संपन्न करने" का छिपा उद्देश्य था। मोहन कुमार मंगलम, नुरुल हसन जैसे जाने-माने कम्युनिस्टों का केंद्रीय मंत्रिमंडल में आना उसी का अंग था। गर्हित स्वार्थ इससे भी स्पष्ट है कि इमरजेंसी समाप्त होने और नई सरकार बनने पर उसकी कई बातों को निरस्त किया गया। पर प्रस्तावना से 'सोशलिस्ट' और 'सेक्यूलर' नहीं हटाया जा सका। वहीं से भारतीय राजनीति में एक कैंसर पनपा, जिसने आज राजनीतिक-शैक्षिक जीवन को चौतरफा जकड़ लिया है।

41. स्मरण रहे कि जिस समय भारतीय संविधान को 'समाजवादी' और 'सेक्यूलर' मताग्रह का बंदी बनाया गया, ठीक उसी समय हमारे अनेक सत्ताधारी नेता, नौकरशाह और लेखक-पत्रकार अवैध धन व सुविधाएं पाकर सोवियत गुप्तचर एजेंसी के.जी.बी. की सेवा के लिए पंक्तिबद्ध खड़े थे। हाल में प्रकाशित वसीली मित्रोखिन, जो लंबे समय तक के.जी.बी. के उच्चाधिकारी रहे थे, की बहुचर्चित पुस्तक *मित्रोखिन आर्काइव्स-II, द के.जी.बी. एंड द वर्ल्ड* (2005) में भारत संबंधी लज्जाजनक विवरण ठीक उसी काल से संबंधित हैं। जब भारतीय नेताओं की लालसा देख एक के.जी.बी. अधिकारी अलेग कालूगिन की टिप्पणी थी, "ऐसा लगता है कि यह पूरा देश ही बिकने के लिए तैयार है।" (ध्यान दें, कांग्रेस या कम्युनिस्ट नेताओं ने मित्रोखिन विवरणों का खंडन नहीं किया, केवल यह कहा कि 'वह पुरानी बातें हैं जिसे याद करने से क्या लाभ!' यानी बातें सच हैं!)।

42. भारतीय संविधान में 'समाजवाद' को दिशा-निर्देशक स्थान दे दिए रहने से यहाँ कम्युनिस्ट पार्टियों को अनुचित वरिष्ठता, अतिरिक्त

नैतिक शक्ति मिलती रही है। इससे समाजवाद से असहमत प्रत्येक व्यक्ति/संगठन को संविधान-विरोधी कहा जा सकता है! क्या यह अनुचित वैचारिक जबर्दस्ती नहीं?

फिर वह कैसा मूल कानून होगा जो स्वयं अपरिभाषित हो? जिस तरह पिछले तीन दशक से 'सोशलिज्म' और 'सेक्यूलरिज्म' संविधान के दिशा-निर्देशक होकर भी स्वयं 'अस्पष्ट' अर्थात अपरिभाषित हैं, वह स्वयमेव अनेक रोगों का कारण है। वोटों की खींच-तान में हर तरह की अनुत्पादक योजनाएं, अनुदान, जिसमें अरबों रुपए हर वर्ष बर्बाद किए जाते हैं, जिनका 85% (स्व. राजीव गाँधी के अनुसार) भ्रष्टाचार की भेंट चढ़ता है—वह सब सोशलिज्म की भावना से चलता है! उसी प्रकार इस या उस 'अल्पसंख्यक' समुदाय के हित तरह-तरह के पक्षपाती निर्णय सेक्यूलरिज्म के नाम पर होते हैं।

43. वैसी ही एक धारणा 'वैज्ञानिक दृष्टिकोण' भी है, जिसे भी संविधान में उसी बयालीसवें संशोधन द्वारा घुसाया गया था। संविधान की धारा 51-ए की उप-धारा 'एच' में यह प्रत्येक नागरिक का मूल्य कर्तव्य बनाया गया कि वह "वैज्ञानिक मनोवृत्ति" का विकास करे। तीन दशक पहले के बौद्धिक वातावरण में 'वैज्ञानिक' दृष्टि, तथा 'मार्क्सवादी', 'प्रगतिवादी' दृष्टि लगभग समानार्थक माने जाते थे। समकालीन मार्क्सवादियों के लेख-भाषण इसकी पुष्टि करेंगे। प्रसिद्ध संविधान-वेत्ता दुर्गा दास बसु ने नोट भी किया है कि हमारे संविधान में उस धारा का जोड़ा जाना अन्य बातों के अतिरिक्त हमारे संविधान को सोवियत संघ, चीन आदि देशों के संविधान के 'अनुरूप बनाना' भी था।

निश्चय पूर्वक कह सकते हैं कि कथित वैज्ञानिक-दृष्टि विकसित करने को जबर्दस्ती हमारा 'मूल कर्तव्य' बना देना भी भारतीय चिंतन-परंपरा विरोधी था। क्योंकि भारतीय परंपरा में जीवन के प्रत्येक कार्य का ध्रुवतारा धर्म-चेतना है। आज भी यह लोक और शास्त्र दोनों में व्याप्त है। भारत के अन्यतम महाकाव्यों *महाभारत, रामायण* में सभी राजकीय, सामाजिक, पारिवारिक कार्यों, निर्णयों में यही एक मात्र दिशा-निर्देशक

तत्व है, कि कुछ भी करते हुए क्या धर्म है, क्या अधर्म। अपनी मृत्यु-शय्या पर भीष्म पितामह युधिष्ठिर को राज्य-धर्म समेत विभिन्न कर्तव्यों की शिक्षा, व्याख्या देते हैं।

भारतीय मनीषा का 'धर्म' पश्चिमी परंपरा के 'रेलीजन' का समानार्थी नहीं है। यह देश-विदेश के सभी गंभीर विद्वान अच्छी तरह जानते हैं। धर्म करणीय अकरणीय का कर्तव्य-बोध है। जिसका इससे कोई संबंध नहीं कि ईश्वर, आध्यात्म, पंथ, मुक्ति, स्वर्ग-नरक, देवी-देवता, पैगम्बर आदि के बारे में किसी व्यक्ति के विश्वास क्या हैं? धर्म का संबंध मात्र इससे है कि व्यक्ति *कैसे जीता है, कैसा आचरण करता है?* हमारी 'धर्म' अवधारणा के लिए पश्चिम भाषाओं में कोई शब्द नहीं। किन्तु यही धर्म भारतीय जीवन का मूलाधार रहा है। अत: इस धर्म-दृष्टि के स्थान पर 'वैज्ञानिक-दृष्टि' का आग्रह भारतीय दर्शन परंपरा के नितांत प्रतिकूल है, और इसे भी भारतीय संविधान में जबरन डाला गया।

44. कभी कार्ल मार्क्स ने वैज्ञानिक उन्नति के बल पर कम्युनिज्म में 'सबको उसकी इच्छा अनुसार' उपभोग-सामग्री उपलब्ध हो जाने की संभावना दिखाई थी। आज वह भूल कर 'सस्टेनेबल डेवलपमेंट' की अपील होने लगी है। जो इसकी स्वीकृति है कि वैज्ञानिक उन्नति से सबको सब कुछ नहीं मिल सकता। किन्तु स्वतंत्र भारत में प्रचारित किया गया कि विज्ञान के पास सभी समस्याओं का निदान है। और भारत का अब तक का अधिकांश ज्ञान अंधविश्वास है। वैज्ञानिक दृष्टि के नाम पर धर्म, नैतिकता, रीति-रिवाज, योग, मंत्र, पारंपरिक चिकित्सा आदि सभी चीजों को थोक-भाव में अंध-विश्वास कह कर उनकी हँसी उड़ाई गई। ज्यादा दिन नहीं हुए जब किसी का योगाभ्यास करना 'ऊट-पटांग' माना जाता था। आज पूरी दुनिया में योग की धूम है। यहाँ तक कि योग से हिन्दू धर्म को अतिरिक्त वरिष्ठता न मिल जाए, इसलिए अमेरिका में विभिन्न ईसाई संगठन 'क्रिश्चियन योगा' जैसे प्रचार में लगे हैं।

45. तीन दशक पहले तक हमारे देश में स्त्री-पुरुष संबंधों में नैतिक, एकनिष्ठ संबंध अथवा छात्रों, युवाओं के लिए ब्रह्म-चर्य व्रत जैसे सनातनी निर्देश को दकियानूसी बताकर युवक-युवतियों से 'मॉडर्न' बनने का आग्रह होता था। संस्कृत को छोड़ अंग्रेजी की शिक्षा पर बल देने ने ऐसे विचारों को अतिरिक्त बढ़ावा दिया। आज पूरी दुनिया ऐड्स महामारी की चपेट में है और 'वैज्ञानिक-दृष्टि' को पता नहीं कि अब क्या करें? ले-देकर हमारे नीतिकार यह नारा दे रहे हैं, 'कंडोम के साथ चलो!' यह कैसी गर्हित स्थिति, बल्कि नैतिक विभीषिका है कि आप जगह-जगह लिखे इस लज्जास्पद नारे को बच्चों को समझा नहीं सकते। यह दुर्गति हमारी पारंपरिक नैतिकता, शिक्षा और धर्म-चेतना छोड़ने के कारण ही हुई है। वामपंथी-नेहरूवादी प्रभाव में यूरोपियनों के व्यक्तिवाद, उपभोगवाद, विज्ञान और आधुनिकता की अंधा-धुंध नकल से हुई है।

46. वैज्ञानिकता के आग्रह में धर्म, शास्त्र, योग, क्षेम ही नहीं सभी प्रकार के देशज, अनुभव संचित लोक-ज्ञान को अंध-विश्वास मानकर परे कर दिया गया। कहा गया कि हमारा देश और समाज अंध-विश्वासों से ग्रस्त रहा है और मात्र आधुनिक यूरोपीय विज्ञान ही इसमें पुनः प्रकाश भर सकता है। विज्ञान का सम्मोहन ऐसा था कि राजनीति, इतिहास, अर्थशास्त्र जैसे सामाजिक अध्ययन विषयों को भी 'सामाजिक विज्ञान' (सोशल साइंस) कहने का आग्रह किया गया, मानो मनुष्य भी प्रयोग की वस्तु हों, जिन्हें उपयुक्त प्रयोग आदि करके, सही फार्मूला अपना कर एक वैज्ञानिक रूप से सुसंगत समाज बना डाला जाएगा। वह आशा कब की टूट कर चूर-चूर हो चुकी, पर 'वैज्ञानिक-दृष्टि' का अंधविश्वास टूटता नहीं।

47. हमारे नीति-निर्माता, प्रगतिवादी प्रचारक अभी भी सचेत नहीं हुए हैं। अमेरिकी मिशनरियों की तरह इन्हें भी भय है कि किसी भी भारतीय ज्ञान-परंपरा को आदर देने से हिन्दू चिंतन को भी आदर मिल जाएगा, जिससे वह हर हाल में बचना चाहते हैं। फलतः आज भी हमारे

संविधान में ही नहीं, पुस्तकों, भाषणों, शिक्षा संबंधी दस्तावेजों आदि में 'वैज्ञानिक दृष्टि' की तोता-रटंत दुहराई जाती है। बिना कुछ स्पष्ट किए (समाजवाद और सेक्यूलरिज्म की भाँति) कि उसका अर्थ क्या है! इस तरह हमारे इतिहासकारों, शिक्षा-शास्त्रियों की तथाकथित वैज्ञानिक-दृष्टि स्वयं कट्टर अंधविश्वास का नमूना बन चुकी है।

हमारे अपने मनीषी, श्रीअरविंद, जिन्होंने बचपन से ही संपूर्णतः शिक्षा यूरोप में पाई, तथा लैटिन, फ्रेंच, जर्मन समेत अधिकांश यूरोपीय मनीषा का स्वयं अध्ययन, शोध किया था, अर्थात जो किसी भी तरह अंधविश्वासी हिन्दू नहीं कहे जा सकते थे, उन्होंने भी चेतावनी दी थी: "आजकल हम मान लेते हैं कि हम विज्ञान सीख लें तो सब कुछ ठीक हो जाएगा। हम पहले अपने-आप से पूछ सकते हैं कि हमारे पास जितना ज्ञान है उसका हमने क्या उपयोग किया है? हममें से जिन लोगों ने सायंस सीखी है उनमें से कितनों ने देश का कितना भला किया है? हम कुछ मौलिक काम करने योग्य नहीं हैं, नकल करना ही हमारा गुण है।" अतएव, विज्ञान के प्रति हमारे बौद्धिक वर्ग का सम्मोहन भी कुछ-कुछ समाजवाद के प्रति सम्मोहन जैसा ही था।

48. यह सब संकेत करता है कि शतियों बाद हमें राजनीतिक स्वतंत्रता तो मिली, किन्तु वैचारिक, मानसिक स्वाधीनता की ओर बढ़ने के स्थान पर हम इन में उल्टे और पराधीन होते गए। यदि समय रहते हमने समीक्षा न की, और उपचार न किया तो हमारा भविष्य आशाजनक नहीं। अज्ञेय ने चेतावनी दी थी:

> ... 'आधुनिक राष्ट्र' बनने के लिए सांस्कृतिक अस्मिता और ऐतिहासिक दृष्टि खो देना न केवल आवश्यक नहीं है, बल्कि एक प्रकार से किस्तों में आत्मघात है। अगर देश एक सांस्कृतिक इकाई नहीं है, और वैसी अस्मिता का बोध उसमें नहीं है तो वह आर्थिक प्रगति के बावजूद वेध्य बना रहेगा – विघटन की प्रवृत्ति किसी भी समय उसके भीतर उभर सकेगी। और सांस्कृतिक अस्मिता नकल से नहीं बनती; विदेशी मनोवृत्तियाँ और मनोभाव आयातित करके भी नहीं बनती; अपनी ही सही पहचान से बनती है।

अतएव यदि किन्ही तरीकों से हमारे दश की आर्थिक, भौतिक समृद्धि बढ़ भी जाती है तब भी वह हमारी सुरक्षा की गारंटी नहीं। स्मरण रहे, पिछले हजार वर्ष में भारत जब भी विदेशी आक्रांताओं के हाथों पराजित हो कर दास बना तो वह 'सोने की चिड़िया' ही कहलाता था। अर्थात हमारी आर्थिक समृद्धि राजनीतिक स्वाधीनता की गारंटी नहीं रही है। अतः अपने अस्तित्व तक की रक्षा हेतु हमें अपनी अस्मिता, सामर्थ्य, शक्ति-संपन्नता पर आधारित होना। श्रीअरविंद जैसी महान विभूति ने निरंतर हमें अपने धर्म और शक्ति पर दृढ़ होने के लिए कहा था।

49. यह भारत के बौद्धिक वातावारण का चिंताजनक परिदृश्य है कि दुनिया में मार्क्सवादी बौद्धिकता का दिवाला पिट जाने के बाद भी यहाँ उन्हें विशेषाधिकार मिला हुआ है। तरह-तरह की विध्वंसक, घातक राजनीति में लंबे समय से लिप्त रहने पर भी कम्युनिस्ट प्रचारकों को विद्वत-चर्चाओं में सम्मानजनक उल्लेख मिलता है। उनके विचारों को महत्वपूर्ण समझा जाता है। राजनीतिक आचरण के अधिकांश फैशन पर, जो प्रायः हानिकारक और पश्चिम की अंध-नकल मात्र होती है, मार्क्सवादियों की छाप मिलती है। जब कि आजीवन निःस्वार्थ भाव से राष्ट्र-सेवा और सरस्वती सेवा में रत रहे वरद पुत्रों को उपेक्षित, बल्कि लांछित किया जाता है। यह हमारे देश के वर्तमान परिदृश्य का एक सबसे बड़ा अभिशाप है। उदाहरण के लिए, निष्पक्षता के विंदु पर पंडित विष्णुकांत शास्त्री (अब दिवंगत) और कामरेड सोमनाथ चटर्जी के प्रति हमारे बौद्धिक-राजनीतिक वर्ग ने जो दोहरे मानदंड दिखलाए, उससे इस अभिशाप को समझा जा सकता है।

50. देश के संविधान के अनुसार राज्यपाल पद अराजनीतिक है। पंडित विष्णुकांत शास्त्री उत्तर प्रदेश के राज्यपाल थे। उनका व्यक्तित्व निष्कलंक रहा है। उनकी सत्यनिष्ठा, कर्मठता, विद्वता और संत स्वभाव का उनके विरोधी भी सम्मान करते थे। उनका कार्यकाल समाप्त होने में कुछ महीने मात्र शेष रह गए थे। फिर भी 2004 में केंद्र में नई

सरकार बनने पर उन्हें तुरत पद से हटा दिया गया। उन्हें हटाना मात्र उद्देश्य था, यह इसी से स्पष्ट है कि उन्हें हटाने से पहले नए राज्यपाल की नियुक्ति का निर्णय तक नहीं हुआ था। इस तत्परता के पीछे मार्क्सवादी बुद्धिजीवियों ने 'निर्विषीकरण' (डिटॉक्सीफिकेशन) अभियान की चर्चा की। अर्थ था कि हिन्दू चेतना से जुड़े होने के कारण शास्त्री जी 'विषैले' हुए, इसलिए राज्यपाल पद पर नहीं रखे जा सकते।

51. दूसरी ओर, संविधान में लोक सभा अध्यक्ष (स्पीकर) का पद भी दलीय राजनीति से ऊपर माना गया है। किन्तु इस पर मार्क्सवादी कम्युनिस्ट पार्टी के नेता सोमनाथ चटर्जी की नियुक्ति पर कहीं चर्चा नहीं हुई कि कम्युनिस्ट होने के कारण वे निष्पक्ष हो नहीं सकते। वह भी तब, जब कि कामरेड सोमनाथ का राजनीतिक आचरण सदैव कट्टर पक्षपाती रहा है। इसके लिए उन्होंने नैतिक-अनैतिक की भी कभी परवाह नहीं की। उदाहरण के लिए, पिछली (1999-2004) लोक सभा में शिक्षा के 'भगवाकरण' पर संसद में बहस करते वे अक्सर अपनी पार्टी की प्रचार पुस्तिकाओं से ही पढ़ते हुए ऐसे आरोप जड़ देते थे कि अमुक पाठ्य-पुस्तक में यह या वह बुरी बातें लिखी हुई हैं। जब कोई सांसद पूछते कि वह किस स्रोत से उद्धृत कर रहे हैं? तो कामरेड सोमनाथ जिदपूर्वक, जोर-जोर से चिल्ला कर, और बात बदल कर प्रश्न गोल कर जाते। ऐसी धूर्ततापूर्ण चतुराई से किसी संस्था या सरकार को लांछित करना सामान्य बुद्धि से तो संसद को गुमराह करना ही कहा जाएगा। किन्तु सोमनाथ जी को कोई ऐसा नहीं कहता!

52. लोक सभा का अध्यक्ष बनने के बाद भी अपनी कई सार्वजनिक टिप्पणियों से सोमनाथ जी ने बार-बार प्रदर्शित किया कि उनके अन्दर का संकीर्ण, जिद्दी कम्युनिस्ट लोक सभा के अध्यक्ष की मर्यादा से कहीं ऊपर बैठा रहता है। इसीलिए स्पीकर बन जाने के बाद भी सोमनाथ जी अपनी तरह-तरह की टिप्पणियो को लेकर कई बार विवादों में आए। कभी राष्ट्रीय जनतांत्रिक गठबंधन सरकार (1999-2204)

पर, कभी सुप्रीम कोर्ट पर, और एक बार तो ऑस्ट्रेलिया सरकार पर भी उन्होंने कड़वी टिप्पणी कर दी। किन्तु जब अगस्त 2005 में वरिष्ठ पत्रकार स्वपन दासगुप्त ने उनकी पक्षपाती प्रवृत्तियों पर एक टिप्पणी कर दी, तो सोमनाथ ने 'संसद और स्पीकर के सम्मान' का हवाला देकर स्वप्न दासगुप्त को खूब बुरा-भला कह डाला। इस प्रसंग में हमारे बुद्धिजीवी वर्ग और मीडिया ने जो तटस्थता बरती, वह दिखाती है कि किस तरह हमारे देश में मार्क्सवादी बौद्धिकता को अनुचित विशेषाधिकार मिले हुए हैं।

53. इस प्रसंग से यह भी स्पष्ट हुआ कि लोकतांत्रिक देशों में किस तरह मार्क्सवादी दूसरों को मूर्ख बनाते हैं। भारत में यह सबसे अधिक हुआ है। हमारे राजनीतिक-बौद्धिक वर्ग में मार्क्सवादियों के प्रति विचित्र अज्ञान झलकता है। कैसी विडंबना है कि जिन मार्क्सवादियों की शब्दावली में 'संसदीय' रास्ते को 'भटकाव' माना गया है, वही लोग संसद के मान-सम्मान का हवाला देकर एक सच्चे पत्रकार को खरी-खोटी सुना देते हैं! मार्क्सवादी भाषा में किसी कम्युनिस्ट को 'संसदीय पथ' पर चलने वाला कहना गाली जैसा ही लिया जाता रहा है। यह क्रांतिवादी का उलटा, और इसलिए कम्युनिस्ट पथ से 'भटकाव' माना गया है। हमारे अनेक बुद्धिजीवी जानते नहीं कि भारतीय कम्युनिस्ट पार्टी (भाकपा) के पहले विभाजन (1964) में यह भी एक मुद्दा था। जिन लोगों ने मार्क्सवादी कम्युनिस्ट पार्टी (माकपा) बनाई, उनका प्रमुख आरोप था कि मूल पार्टी के नेता संसदीय भटकाव के शिकार हो गए हैं और क्रांति को भूल 'बुर्जुआ के सहयोगी' बन बैठे हैं! बाद में माकपा से अलग होकर बने नक्सली गुट ने वही आरोप माकपा पर दुहराए और चुनावी राजनीति से अलग रहने का निर्णय किया। अंततः वे भी चुनावों में हिस्सा लेने लगे, यह अन्य बात है। किन्तु यह निर्विवाद है कि 'बुर्जुआ संसद' को घृणा से देखना मार्क्सवादी परंपरा का हिस्सा है। आज भी वे उसका सम्मान नहीं, महज दुरुपयोग कर रहे हैं।

54. संसद का सम्मान तो दूर रहा, माकपा लंबे समय तक भारत की एकता और अखंडता का भी सम्मान नहीं करती थी। नवंबर 1971 में माकपा की केंद्रीय समिति के प्रस्ताव ने 'भारत को विभिन्न राष्ट्रों का स्वैच्छिक संघ' बनाने का लक्ष्य घोषित किया था। माकपा का मंतव्य था कि भारत एक राष्ट्र नहीं, वरन कई राष्ट्रों का ऐसा संघ है जिसमें कईयों को इसमें जबरन रखा गया है। प्रमोद दासगुप्ता जैसे बड़े माकपा नेताओं के भाषणों का अध्ययन करें तो साफ होगा कि माकपा भारत के उत्पीड़ित 'राष्ट्रों' को मुक्त करने का भी लक्ष्य रखती थी। दूसरे शब्दों में, भारत का विखंडन। सन् 1970 में माकपा के नारों में एक यह होता था: "इंदिरा–याहिया एक है।" यानी, पश्चिम बंगाल में मार्क्सवादी नेता भारतीय प्रधानमंत्री और पाकिस्तानी तानाशाह को अपने लिए एक जैसे मान कर चलते थे।

55. पुराने कम्युनिस्टों के अनुसार माकपा यही मानती रही कि भारत का विखंडन होना तय है, क्योंकि यह एक राष्ट्र नहीं है। माकपा नेतृत्व पर माओ त्से तुंग का गहरा प्रभाव जगजाहिर रहा है। भाकपा नेताओं के अनुसार, माकपा वालों ने माओवादी चीन के निर्देश पर ही भाकपा को तोड़ कर अलग पार्टी बनाई। ध्यान रहे कि माकपा 1962 के भारत–चीन युद्ध में भारत को ही आक्रमणकारी मानती रही है! आज भी 1962 के बारे में पूछने पर माकपा नेता किन्तु–परन्तु करने लगते हैं। यहाँ माओवादी सूत्रों का भी स्मरण करें। जैसे, 'गुरिल्ला युद्ध' और 'मुक्त इलाकों का निर्माण करो' आदि। भाकपा नेताओं के अनुसार माकपा इसीलिए पश्चिम बंगाल और केरल में ही अधिक सक्रिय हुई क्योंकि उसे लगता था कि सीमावर्ती होने के कारण इन प्रांतों को 'मुक्त' कराया जा सकता है। यहाँ तक कि लंबे अर्से तक माकपा ने देश की राजधानी में मुख्यालय तक रखने की जरूरत नहीं महसूस की। क्योंकि उन्हें भारत के विखंडन की आशा थी।

56. आज भी माकपा को भारत की एकता की चिंता नहीं है। माकपा नेता और बुद्धिजीवी कश्मीर पर 'उसे भारत से जाने दो' का

भाव रखते हैं। इस विंदु पर उनके तर्क-वितर्क पाकिस्तान के प्रति सहानुभूति से भरे होते हैं। फिर जिस तरह माकपा नेतृत्व ने अपने ही मुख्यमंत्री बुद्धदेव भट्टाचार्य को पश्चिम बंगाल में "संदिग्ध मदरसों के माध्यम से पाकिस्तानी आई.एस.आई. की गतिविधियों" पर जबरन चुप कराया और उन के हाथ बाँधे, उससे स्पष्ट है कि देश की सुरक्षा माकपा की चिंताओं में अब भी शामिल नहीं। न उसे लोकतांत्रिक संस्थाओं, मूल्यों की कोई परवाह है। उसे हर कीमत पर केवल अपनी सत्ता चाहिए। यह केवल आज की बात नहीं।

57. ममता बनर्जी और तपन सिकदार जैसे नेताओं पर प्राणघातक हमले उस माकपा तकनीक का अटूट अंग हैं जिसे 1970 में ही "हत्या और आतंकवाद की जुडवाँ नीति" की संज्ञा स्वयं दूसरे कम्युनिस्टों ने ही दी थी। जरा चार दशक पहले लिखे इन शब्दों पर ध्यान दें। "(माकपा) अपने राजनीतिक विरोधियों का शारीरिक सफाया और जनता को आतंकित इसलिए कर रही है ताकि कोई उसका विरोध करने का साहस नहीं कर सके।... 15 सितंबर 1970 को समाप्त होने वाली तिमाही में करीब सौ हत्याएं की गईं, जिनमें 73 हत्याएं केवल माकपा द्वारा की गई थीं।" यह शब्द पश्चिम बंगाल के जाने-माने कम्युनिस्ट नेता प्रभात दासगुप्त ने लिखे थे (*पश्चिम बंगाल में मार्क्सवादी कम्युनिस्ट पार्टी का आतंक*, 1970, भाकपा प्रकाशन)।

58. 'हत्याओं के पूरक के रूप में' माकपा द्वारा लोगों को 'संत्रस्त करने के अभियान' की तकनीक का वर्णन करते हुए प्रभात दासगुप्त लिखते हैं, "अकस्मात बमों, लाठियों, बंदूकों और अन्य सांघातिक हथियारों से लैस और लाल स्कार्फ बाँधे हुए स्वयंसेवकों का कोई समूह एक इलाके में प्रकट होगा, सड़कों पर एक छोर से दूसरे छोर तक परेड करेगा और अपने राजनीतिक विरोधियों के खिलाफ जान से मार डालने संबंधी नारे लगाएगा। कभी-कभी अपने अंतर्ध्यान होने से पहले वह अपने मार्च को जीवंत बनाने के लिए कुछ बमों के विस्फोट भी कर

देगा। इन सशस्त्र मार्चों का अर्थ बहुत सरल है। माकपा इलाके की जनता से कहती है: बेहतर हो कि आप हमारा समर्थन करें वरना आप हमारे बमों के विस्फोट तो सुन ही चुके और हमारी बंदूकों को देख ही चुके!" पश्चिम बंगाल में ठीक यही आज भी हो रहा है, कुछ ही वर्ष पहले मिदनापुर में माकपा का खूनी खेल पूरे देश में चर्चित हुआ था। जिस तरह पिछले तीन दशक में पश्चिम बंगाल में चुनाव प्रक्रिया को पूरी तरह माकपा का बंधक बना लिया गया है, उस पर इस दृष्टि से भी विचार करना चाहिए।

59. सितंबर 1970 में माकपा ने पश्चिम बंगाल में एक शिक्षक हड़ताल आयोजित की। उसका विवरण देते हुए प्रभात दासगुप्त ने लिखा था, "एक स्कूल में – जो हड़ताल के पहले दिन खुला था – एक अर्ध-नग्न आदमी प्रधानाध्यापिका के दफ्तर में घुस गया और मेज पर इत्मीनान से बैठ कर प्रधानाध्यापिका से पूछा कि क्या उसने अपने अंतिम संस्कार के बारे में कभी कुछ सोचा है। भौंचक प्रधानाध्यापिका कुछ समझ नहीं पाई। तब उसने खुलासा करते हुए कहा कि यदि वह अविलंब अपने स्कूल को बंद नहीं करेगी तो उसे उसके अंतिम संस्कार के लिए प्रबंध करना पड़ेगा।" प्रभात दासगुप्त आगे कहते हैं, "मेरे पास 21 ऐसे कुख्यात अपराधकर्मियों की सूची मौजूद है, जिन्होंने चौबीस परगना के बड़ा नगर पानी हाटी बेलघोरिया इलाके के समस्त माकपा हमलों का नेतृत्व किया।... (जो) ज्योति बसु के गृह मंत्री बन जाने के बाद माकपा में शामिल हो गए। उनमें से एक अब माकपा का सचिव है। उनमें से कई के नाम अपराधकर्मी के रूप में पुलिस सूची में दर्ज हैं।"

60. शिक्षा क्षेत्र में वही तानाशाही पश्चिम बंगाल में आज भी यथावत है। माकपा के सचिव अनिल विश्वास के अनुसार, "हमारी पार्टी की टीमें 1953 से ही उच्च शिक्षा संस्थानों में पार्टी हितों की देख-भाल करती रही है।... हमारी पार्टी यहाँ तक तय करेगी कि किसी

विपक्षी दल द्वारा बंद के आह्वान पर विश्वविद्यालय द्वारा किसी परीक्षा की तिथि बढ़ाई जाए या नहीं।" (द *टेलीग्राफ,* 17 मार्च 1999) वहाँ सत्ताधारी वाम-मोर्चे के एक घटक रिवोल्यूशनरी सोशलिस्ट पार्टी के नेता अर्नब राय के शब्द भी देखें, "ज्यादातर मामलों में कॉलेज और विश्वविद्यालयों में नियुक्तियाँ योग्यता के आधार पर नहीं बल्कि (उम्मीदवारों की) राजनीतिक संबद्धता के आधार पर की जाती है।"

61. वस्तुतः पश्चिम बंगाल में माकपा की अक्षुण्ण सत्ता का रहस्य संसदीय प्रणाली का सम्मान करने की नहीं, बल्कि उसके निरंतर बलात्कार की कहानी है। वहाँ के अखबार पीछे पलटते चलें तो आरंभ से ही माकपा नेताओं द्वारा 'जान लेने' और विरोधियों का सशरीर 'सफाया' करने के खुले आह्वान और खूनी कांड बार-बार दिखाई पड़ेंगे। 1970 में ही प्रसिद्ध सासंद और कम्युनिस्ट नेता भूपेश गुप्त ने स्पष्ट रूप से कहा था कि माकपा ने अपराधियों और समाज-विरोधी तत्वों को अपने साथ करके वहाँ अपना कब्जा बनाया है। उनके शब्दों में, "पश्चिम बंगाल में तब तक सामान्य स्थिति होने की आशा नहीं है, जब तक कि मार्क्सवादी अपने बमों को हुगली नदी में फेंक नहीं देते और अपनी बंदूकें और छुरे चलाना छोड़ नहीं देते। यह भी न भुलाया जाए कि माकपा का आतंकवाद खत्म हुए बिना पश्चिम बंगाल में सामान्य स्थिति की वापसी असंभव सी है।" एक प्रतिष्ठित कम्युनिस्ट नेता की ही यह टिप्पणी आज भी पश्चिम बंगाल और माकपा पर बिलकुल सटीक बैठती है। नंदीग्राम इसका जीवंत प्रमाण है।

62. भारतीय कम्युनिस्टों ने एक गाली-शास्त्र की भी रचना की है! जिस महात्मा गाँधी को कई आकलनों में बीसवी सदी के महानतम व्यक्तियों में गिना गया है, उन्हें कभी मार्क्सवादियों ने 'अंग्रेजों का दलाल' और 'पूँजीवाद का सबसे धूर्त गुंडा' कहा था। एक बार नहीं बल्कि वर्षों तक। आज भी अनेक बूढ़े मार्क्सवादी वही मानते हैं। उन्हीं मार्क्सवादियों ने कविगुरू रवीन्द्रनाथ टैगोर को 'माघीर दलाल' अर्थात्

'वेश्याओं का दलाल' भी कहा था। फिर नेहरू को 'अमेरिकी साम्राज्यवाद का दौड़ता कुत्ता' कहा गया। तब तक, जब तक चीन- भक्त कम्युनिस्टों को भारत में आसन्न क्रांति का अंधविश्वास रहा। उन्होंने सरदार पटेल और नेहरू को 'फासिस्ट-द्वय' भी कहा था।

63. कम्युनिस्ट पार्टी के बंगला मासिक *परिचय* ने 'अमेरिकी साम्राज्यवाद की सेवा में रत' इन नेताओं की 'काली करतूतों' का 'भण्डाफोड़' भी एक कविता में किया था। कविता की एक पंक्ति में कहा गया था कि नेहरू और पटेल, दोनों 'श्याला सुआरेर बाच्चा, बिड़ला टाटार जारोज शोन्तान' अर्थात 'ये साले सूअर के बच्चे बिड़ला-टाटा की अवैध सन्तान हैं।'

64. उन्हीं कम्युनिस्टों ने नेताजी सुभाष चंद्र बोस को (जापानी तानाशाह) 'तोजो का कुत्ता' और गद्दार' कहा था। 1942-43 के बीच कम्युनिस्ट पार्टी के अखबार *पीपुल्स वार* में नेताजी को कुत्ते, राक्षस आदि रूपों में बार-बार चित्रित किया गया था। आजाद हिन्द फौज 'लुटेरों, हत्यारों की सेना' थी। गाली-गलौज भरी ऐसी घृणित भाषा मार्क्सवादी बौद्धिकता का अभिन्न अंग रही है। 1974-76 में कम्युनिस्टों द्वारा जयप्रकाश नारायण भी 'फासिस्ट' बताए गए।

65. इस घृणित परंपरा में ही कम्युनिस्टों द्वारा आज हिन्दू संगठनों और नेताओं को 'फासिस्ट', 'असभ्य', 'सांप्रदायिक' आदि कह कर लांछित करना समझा जा सकता है। राज थापर ने लिखा भी है कि कम्युनिस्टों की संपूर्ण शब्दावली आश्चर्यजनक रूप से सीमित है। वस्तुतः गालियों, अपशब्दों, लांछनों के बिना मार्क्सवादी बौद्धिकता अधिक दूर तक विचार-विमर्श कर ही नहीं सकती। इसीलिए वे इससे न मुक्त होना चाहते हैं, न हो सकते हैं। क्योंकि तब वे बोलेंगे क्या! ज्योति बसु आज भी नेताजी सुभाषचंद्र बोस को 'गद्दार' कहे जाने का सुधार विवशता में करते हैं। कुछ पहले उन्होंने केवल यह कहा कि

"आज की नैतिकता को देखते हुए" नेताजी का पुनर्मूल्यांकन जरूरी है। साफ है कि 'उस समय' की कोई गलती ज्योति बाबू नहीं मान रहे।

66. इसका कारण यह है कि मार्क्सवादी परंपरा में भाषा को गिराना एक मान्य बात है। गाली-गलौज उनकी भाषा का प्रमुख अंग है। स्वयं लेनिन 'व्यापारी' और 'बदमाश' को एक ही बात कहते थे। उन्होंने ही विरोधियों, यहाँ तक कि भिन्न राय रखने वाले सहयोगियों पर भी 'गद्दार', 'दलाल', 'बकवादी', 'दुश्मन का एजेंट', 'टुकड़खोर', 'मानवता की तलछट' जैसे विशेषणों के प्रयोग की आदत डाली थी। लेनिन के अनुसार, "जो भी मार्क्सवाद को कमजोर करने की कोशिश करे, उस पर निरपवाद रूप से हमें पहले शातिर बदमाश का बिल्ला चिपका देना चाहिए।" उनके बाद स्तालिन ने इस तकनीक को एक भयंकर हथियार में बदल दिया। स्तालिन लिखित *सोवियत संघ की कम्युनिस्ट पार्टी का संक्षिप्त इतिहास* (बोल्शेविक) में एक अध्याय का उप-शीर्षक है – 'देश के गद्दारों, भीतरघातियों, जासूसों के बुखारिन-त्रात्स्की गिरोह के अवशेषों का सफाया'। यह विशेषण लेनिन के निकटतम सहयोगियों, प्रसिद्ध मार्क्सवादियों के लिए थे! फिर यह तो केवल शीर्षक था, जिससे पुस्तक के कथ्य का अंदाजा लगाया जा सकता है। यह कोई मामूली ग्रंथ नहीं था। दुनिया की हर भाषा में इसका अनुवाद हुआ (हिंदी में यह प्रसिद्ध आलोचक डॉ. रामविलास शर्मा ने किया था)। पूरे दो दशक, 1936-56 तक यह दुनिया के कम्युनिस्टों की बाईबिल जैसी थी। इसने विश्व में कम्युनिस्टों की एक समूची पीढ़ी को दीक्षित किया था। याद रखें, ज्योति बसु उसी पीढ़ी के हैं।

67. चाहे समाज में इससे विष और हिंसा फैलती हो, किन्तु गाली-गलौज की भाषा का राजनीति में एक लाभ है जिस कारण कम्युनिस्ट इसका प्रचुर उपयोग करते हैं। विरोधी पर गंदा आक्षेप लगा देने से अपने समर्थकों पर पहले से एक मनोवैज्ञानिक प्रभाव पड़ जाता है। अनुयायी गण मानसिक रूप से इसके लिए तैयार हो जाते हैं कि वह

विरोधी पक्का दुश्मन तो है ही। वैसे (विरोधी या असहमत) व्यक्ति को दुष्ट मानकर वे उसकी बात ही नहीं सुनते। क्योंकि यदि अरुण शौरी 'सी.आई.ए. का एजेंट' या 'बेईमान' है अथवा रमेशचन्द्र मजूमदार 'हिन्दू संप्रदायवादी' और 'एंटी-मुस्लिम' है, तो उसके तथ्यों को सुनने की जरूरत नहीं रह जाती। इसके बाद कामरेड क, महासचिव ख या चेयरमैन ग का काम आसान हो जाता है! उनके अनुयायी मूढ़ भेड़ों की तरह कामरेड के पीछे चलते रहते हैं।

68. इस आसान लाभ के कारण ही मार्क्सवादी और उनके संगी-साथी नीच भाषा का उपयोग करते हैं। कभी उनके लिए नेताजी और आजाद हिंद फौज फासिस्ट थी, आज नरेंद्र मोदी और संघ परिवार है। हथियार वही, सिर्फ निशाना बदला है। इससे शार्ट-कट लाभ होता है। वी.पी. सिंह ने कम्युनिस्टों को अपना 'स्वभाविक सहयोगी' यों ही नहीं कहा था। 1988-89 में उन्होंने हर जन-सभा में राजीव गाँधी और अमिताभ बच्चन को घुमा-फिराकर चोर बताया। बाद में अमिताभ को सभी अदालतों ने निर्दोष माना, जबकि राजीव के भी बोफोर्स दलाली में स्वयं शामिल होने की बात साबित न हुई। पर उसी प्रचार पर 1989 का आम चुनाव तो जीत ही लिया गया। अब कुछ वर्षों से उसी तर्ज पर 'फासीवाद' की रट चल रही है। फिर 'शिक्षा का भगवाकरण' कहकर लोगों को सच्चाई से भ्रमित करने की पूरी कोशिश हुई। तथ्यों की जरूरत कहीं नहीं। केवल क्रोध भरी, भड़काऊ, नीच भाषा का प्रयोग कर लोगों की आँखों में धूल झोंकने का प्रयास होता है।

69. इससे देश का कितना नुकसान होता है, यह मार्क्सवादियों की चिंता नहीं। अतिरंजित प्रचार और भाषा के दुरुपयोग से समाज को अधिकाधिक टुकड़ों में बाँटा जाता है। उन का प्रयास है कि देश के लोग मिलकर कोई समाधान न ढूँढें, न विचार-विमर्श करें। 'सांप्रदायिक' और 'सेक्यूलर', 'दलित' और 'सवर्ण', 'अल्पसंख्यक' और 'हिन्दुत्ववादी' जैसे असंख्य खाने बनाकर लोगों को एक-दूसरे के प्रति द्वेष रखने के

लिए प्रेरित किया जाता है। ताकि देश, समाज और राजनीति विखंडित रहे। क्योंकि तभी मार्क्सवादियों की पूछ रहेगी। वी.पी. सिंह, देवगौड़ा, गुजराल जैसी सरकारों में उनकी पौ-बारह थी। जो मार्क्सवादी नेता जनता में कोई हैसियत नहीं रखते थे, न किसी संवैधानिक संस्था के प्रति उत्तरदायी थे, वे मंत्री और प्रधानमंत्री तय कर रहे थे। वही समय बना रहे, इसीलिए वे निरंतर केंद्र और राज्य सरकारों को कमजोर रखने के षड्यंत्र करते रहते हैं।

70. देश की राजनीति में नीच भाषा के उपयोग से हमारे देश की अंतर्राष्ट्रीय छवि और हितों को भी जबर्दस्त चोट पहुँची है। 1998 में परमाणु परीक्षण के बाद पश्चिमी सरकारों का एक वर्ग यह मान बैठा था कि भारत सरकार सचमुच अंध-राष्ट्रवादी, फासिस्ट किस्म के लोगों के हाथ चली गई है। इसी आधार पर कुछ देशों ने भारत पर आर्थिक प्रतिबंध भी लगाए। किन्तु भारत सरकार के बारे में यह आकलन पश्चिमी विश्लेषणकर्ताओं या थिंक-टैंकों का नहीं था। यह आकलन स्वयं भारत में सक्रिय, प्रतिष्ठित वामपंथी, सेक्यूलर लेखकों के धुआँधार प्रचार पर आधारित था, जो जोर-जोर से कह रहे थे कि 'भारत में फासीवाद आ गया है'। वाजपेई सरकार के नेताओं का रिकॉर्ड, उनकी नीतियों, कार्यक्रमों, आदि में कुछ ऐसा नहीं था जिससे कोई यह निष्कर्ष निकाल सकता था। किन्तु जब भारत के ही जाने-माने लेखक, पत्रकार दिन-रात उसे फासिस्ट बता रहे हों, हर झूठी-सच्ची हिंसा में सरकारी प्रोत्साहन का जिक्र कर रहे हों, आतंकवादी कार्रवाइयों को 'स्वभाविक प्रतिक्रिया' बता रहे हों – तब क्या आश्चर्य कि पश्चिमी सरकारों ने भारत को बुरे देशों की श्रेणी में रखकर दंडित किया। उन्हें यह समझने में समय लगा कि वाजपेई सरकार में जिम्मेदार, लोकतांत्रिक और मर्यादित लोग थे जिन्हें केवल वामपंथी लफ्फाजी काले रंग में दिखाती थी। इस तरह अपनी लोकतांत्रिक, निर्वाचित सरकार को दुनिया में बदनाम करके हमारे वामपंथी बधु भारत पर प्रतिबंध लगवाने की कसरत करते रहे।

71. मार्क्सवादी बुद्धिजीवी कभी नहीं मानते कि करोड़ों भारतवासियों की भावनाओं को शब्द देने वाले हिन्दू नेता भी सम्मान के हकदार हैं। गोधरा कांड के बाद नरेंद्र मोदी के लिए सनक की हद तक नकारात्मक विशेषणों का प्रयोग होता रहा है। इसके पीछे भी सच नहीं, नीच भाषा का वही चिर-परिचित प्रयोग है। आखिर किस अदालत ने मोदी को किसी भी गलती का दोष ठहराया? एक तरफ कुख्यात इस्लामी आतंकवादियों के लिए उनके अपराधों का प्रमाण माँगा जाता है, उनके ह्यूमन-राइट की फिक्र रहती है। संसद पर आतंकी हमले के मुख्य सूत्रधार, अनेक सुरक्षा-कर्मियों की हत्या के जिम्मेदार, प्रमाणित आंतकवादी मुहम्मद अफजल को सजा से बचाने के लिए जो लोग वामपंथी, सेक्यूलर बयानबाजी कर रहे हैं, वही दूसरी तरफ गुजरात के यशस्वी नेता नरेंद्र मोदी को मनमाने रूप से 'हत्यारा' कहते हैं। झूठा प्रचार कर दुनिया भर में अभियान चलाते हैं। क्या इस दोहरे आचरण का मूल्यांकन कभी ठीक से होता है?

72. हालात कैसे भी हों, वामपंथियों में हिन्दुत्व का नाम लेने वालों को ही घृणित समझने की प्रवृत्ति है। निष्पक्ष रूप से हुए चुनाव में नरेंद्र मोदी और उनके दल को बार-बार बहुमत मिला। सामाजिक, आर्थिक, प्रशासनिक उपलब्धियों के आकलन में निरंतर गुजरात ऊपर गिना जा रहा है। इसके बाद भी मार्क्सवादी-सेक्यूलर जमात ने नरेंद्र मोदी के प्रति वही गाली-गलौज जारी रखी है। यह गाली-गलौज महात्मा गाँधी, रवीन्द्रनाथ टैगोर, सुभाषचंद्र बोस या पटेल के प्रति की गई पहले वाली गाली-गलौज से तनिक भी भिन्न नहीं है। केवल निशाने बदले हैं, प्रवृत्ति और मिथ्याचार यथावत् हैं।

73. 1986 में जब अयोध्या में श्रीराम जन्मभूमि-बाबरी मस्जिद स्थान पर आंदोलन नए सिरे से उठा तो मामला एकदम सीमित था। बहस सिर्फ यह थी कि इसे कैसे सुलझाया जाए – आपसी बातचीत से या न्यायालय के फैसले से? तीसरा कोई प्रश्न नहीं था। किसी को इस विवाद की जड़ के बारे में संदेह न था। मंदिरों को तोड़ मस्जिद बनाए

जाने की बातें ऐतिहासिक सत्य हैं। हिन्दू और मुस्लिम दोनों समुदाय यह जानते हैं। जिन तीन श्रद्धास्थलों – अयोध्या, मथुरा और काशी – को मुक्त कराने के लिए हिन्दू आंदोलन कर रहे थे, वहाँ अतीत में हुए इस्लामी विध्वंस के तथ्य पर कोई प्रश्न नहीं उठा था। मथुरा के श्रीकृष्ण जन्म-स्थान के मंदिर और काशी में विश्वनाथ मंदिर को तो आज भी देखते ही पता चल जाता है कि वहाँ क्या हुआ था। जैसा सुप्रसिद्ध पत्रकार सईद नकवी कहते हैं, "उन्हें देखकर किसी भी हिन्दू को दुःख होगा।"। अयोध्या के लिए स्थिति अधिक भिन्न नहीं थी। इसीलिए यह बात नोट करने की है कि अयोध्या में भी विवाद मात्र यह था कि समस्या समाधान कैसे हो?

74. यह स्थिति तब तक थी, जब तक मार्क्सवादी महानुभाव इसमें नहीं कूदे थे। 1989 में जेएनयू के मार्क्सवादी प्रोफेसरों ने कम्युनिस्ट पार्टी प्रेस से एक पुस्तिका छपाई। शीर्षक था '*पोलिटिकल एब्यूज ऑफ हिस्टरी*'। इसमें कहा गया, "अब तक ऐसा कोई प्रमाण नहीं मिला है जिससे यह सिद्ध हो सके कि बाबरी मस्जिद उसी जगह बनाई गई है जहाँ पहले मंदिर था"। बौद्धिक ब्लफ में यह लाजबाव दाँव था – क्योंकि पुस्तिका यह प्रमाणित नहीं करती थी कि उस जगह पर मस्जिद बनाने से पहले मंदिर नहीं तोड़ा गया था। इसके बदले मार्क्सवादियों ने हिन्दुओं पर उल्टा आरोप लाद दिया। जो आरोप हिन्दुओं पर सदियों से किसी ने नहीं लगाया था – न मुगलों ने, न अंग्रेजों ने – वह आरोप मार्क्सवादी बौद्धिकों ने जड़ दिया। यह आरोप कि यह सब हिन्दूवादी राजनीति है, कि वे सब झूठ-मूठ वहाँ राम-जन्मभूमि का नाम ले रहे हैं। मार्क्सवादी प्रोफेसरों ने चतुराई से यह किनारे कर दिया कि तब ब्रिटिश काल में, यहाँ तक कि मुगल बादशाहों के काल में वहाँ क्यों झगड़े हुए? उन्होंने दावा किया कि पहले तो राम एक मिथकीय पात्र है, केवल साहित्य की उपज। और अगर ऐसा कोई आदमी कभी हुआ भी था, तो कहाँ है उनके जन्म का प्रमाण कि वह अयोध्या में ही, और ठीक इसी जगह पैदा हुआ था? इसे लेकर मार्क्सवादियों ने देश भर में पूरा बौद्धिक राजनीतिक आंदोलन ही आरंभ कर दिया।

75. इस प्रकार मार्क्सवादी हस्तक्षेप से जो मामला हिन्दू जनता की भावना और दो समुदाय के बीच कानूनी दावे का था, वह घोर राजनीति में बदल गया। जहाँ बात समाधान के उपायों पर केंद्रित थी, अब उसमें 'हिन्दू सांप्रदायिकता' को पराजित करने का आह्वान जोड़ दिया गया। मार्क्सवादियों का अंतिम स्वर यही था कि अयोध्या में हिन्दुओं का दावा ही फर्जी है। जब दावा ही गलत तो समझौता कैसा? उन्हें तो बस पीछे हटना होगा। मार्क्सवादियों के अनुसार इसके अलावा अयोध्या मुद्दे पर कुछ और नहीं होना था। यह नया अड़ंगा मार्क्सवादियों की देन थी। अब वे मंच पर उतर आए थे और विनाश अवश्यंभावी था। मार्क्सवादियों की सक्रियता ने कट्टरपंथी मुस्लिम नेताओं को अप्रत्याशित बल पहुँचाया। मार्क्सवादियों के बल पर ही कई मुस्लिम प्रतिनिधि, वास्तविकता जानते हुए भी, समझौते की बजाए अड़ने को प्रस्तुत हो गए। सभी बातों को सिलसिलेवार देखें तो 6 दिसंबर 1992 की घटना उस जिद का परिणाम थी, जो केवल मार्क्सवादियों द्वारा प्रेरित की गई थी।

76. हमारे प्रधान मंत्री मनमोहन सिंह ने पिछले वर्षों में कई बार कहा कि आंतरिक सुरक्षा को सबसे बड़ा खतरा नक्सली आतंक से है। देश का लगभग बीस प्रतिशत क्षेत्र और आबादी नक्सली दबाव में है। आंध्र से लेकर बिहार के सीमांत तक एक लंबी भौगोलिक पट्टी पूर्णतः नक्सली नियंत्रण की ओर बढ़ रही है। पिछले तीन दशक से भी अधिक समय से भारत में नक्सली लपट या चिंगारी जब-तब, जहाँ-तहाँ दिखती रही है। इस नाम पर केवल आंध्र प्रदेश में सन् 1963 से अब तक 6000 से अधिक लोग मारे गए। इसमें आधे से अधिक सामान्य नागरिक थे। इसी तरह बिहार में केवल 1998-2002 के बीच 810 लोग मारे गए जिनमें 651 सामान्य, गरीब नागरिक थे। धमकी व वसूली अलग। आंध्र में मात्र दो वर्ष (2004-06) में नक्सलियों ने 50 करोड़ रुपए से भी अधिक वसूले। यह अंतहीन हत्याएं और वसूलियाँ मार्क्सवाद-लेनिनवाद-माओवाद के ही खाते में हैं।

77. यह भ्रम है कि यह सब भूमि सुधार, न्यूनतम मजदूरी अथवा किन्हीं जातियों के सम्मान की लड़ाई है। 1964 में सी.पी.आई. से टूटकर सी.पी.एम. बनना, फिर 1967 में सी.पी.एम. से टूटकर सी.पी. आई. (एम.एल.) नामक नक्सली दल बनना। फिर उससे टूट कर अनेक गुट – इन विभाजनों का क्या कारण था? सभी कम्युनिस्ट, नक्सली दस्तावेजों, तथा एक-दूसरे की आलोचनाओं को पढ़कर दर्पण की तरह साफ है कि उसके पीछे मजदूरी या जाति-सम्मान जैसे मुद्दों का कोई स्थान न था। नए-नए दलों का गठन इस भेद पर हुआ कि सत्ता पर अधिकार, यानी तथाकथित क्रांति का रास्ता क्या हो। पहले नक्सली दल के राजनीतिक कार्यक्रम ने "पूरे देश में सशस्त्र संघर्ष द्वारा छोटे-छोटे अड्डे बनाकर लोक-युद्ध शुरू करने की" घोषणा की थी। इसके अनुसार "गुरिल्ला युद्ध ही लोगों को संगठित करने का एक मात्र माध्यम" था। उसमें "चीनी कम्युनिस्ट पार्टी के नेतृत्व में" अंतर्राष्ट्रीय संघर्ष का आह्वान था। साथ ही "कश्मीरियों, नागा मिजो आदि के आत्मनिर्णय" – अर्थात भारत के विखंडन – की माँग थी।

78. इस प्रकार भारत में किसी गाँव, क्षेत्र की स्थिति कितनी ही सौहार्दपूर्ण क्यों न हो, नक्सलियों को गुरिल्ला युद्ध यानी हिंसा, हत्या करनी ही थी। उनके कार्यक्रम की यह आधारभूत बात न भुलाएं! किसी भी नक्सली दल का राजनीतिक कार्यक्रम पढ़ें। हिंसा, हत्या और भारत के विखंडन के लिए अभियान चलाना नक्सलवादियों का प्राथमिक विश्वास रहा है। जिसका किसी कृषि समस्या या जातिगत उत्पीड़न से कुछ लेना-देना नहीं। नक्सली नेता कानू सान्याल ने स्पष्ट लिखा था, "सशस्त्र संघर्ष जमीन के लिए नहीं – राज्यसत्ता के लिए" (*लिबरेशन*, नवंबर 1968)।

79. अतएव नक्सली हिंसा की जननी कम्युनिस्ट सिद्धांत है, कोई सामाजिक समस्या नहीं। स्वयं लेनिन ने 1917 में रूस में सत्ता पर कब्जा करके हिंसा का भरपूर इस्तेमाल किया था। 'रेड टेरर' का

लेनिनीय सिद्धांत विरोधियों का सफाया तथा सहयोगियों के बीच भी असहमति को खत्म करने के सिवा कुछ न था। स्तालिन ने उसे ही लोमहर्षक स्तर तक पहुँचाया।

80. स्वतंत्र भारत में भी हिंसा की राजनीति का आरम्भ और फैलाने वाले लेनिनवादी ही रहे हैं। 1949 में ही सी.पी.आई. ने सशस्त्र विद्रोह द्वारा भारतीय सत्ता पर अधिकार करने का विफल प्रयत्न किया। बाद में भी विभिन्न कम्युनिस्ट गुटों में मतभेद केवल इस पर रहा कि हिंसा, कब और कैसे की जाए ताकि लक्ष्य हासिल हो। इस विचारधारा का हिंसाजनक, समाज-विरोधी व देश-द्रोही चरित्र पहचानने से क्यों इंकार किया जाता हैं? प्राथमिक सच्चाई यह है कि कम्युनिस्ट राजनीति, विशेषकर इसके माओवादी-नक्सली रूप में आपराधिकता अंतर्गठित है। 1968 में चारू मजूमदार ने अपनी कुख्यात '*हत्या संहिता*' ही प्रकाशित की थी जिसके अनुसार, "जिसने वर्ग शत्रुओं के खून में अपनी ऊंगली नहीं डुबाई उसे कम्युनिस्ट नहीं कहा जा सकता"। मात्र इसी विश्वास से नक्सली हिंसा होती रही है। स्वयं एक नक्सली नेता विनोद मिश्र ने किसी दूसरे नक्सली गुट को "मध्य युगीन कातिलों को गिरोह" बताया था।

81. इसीलिए नक्सलियों द्वारा ऐसे अनेक हत्याकांड हुए जहाँ कोई किसान-मजदूर समस्या सिरे से न थी। बिहार (भोजपुर) में किसानों के प्रतिरोध संगठन, तथाकथित भूमि सेनाओं का उदय ही नक्सली हिंसा, लूट-पाट से बचाव के उद्देश्य से हुआ था। जब किसानों ने देखा कि उनकी रक्षा करने में सरकार या तो अनिच्छुक या असमर्थ है। अत: हिंसा-प्रतिहिंसा के क्रम, उनमें हुई मौतें, नक्सली भय से जमीनों का परती रहना, तथा पुलों, सड़कों, रेलवे स्टेशनों का उड़ाया जाना – इन सभी कारनामों के पीछे कोई अन्याय से लड़ना नहीं, बल्कि लेनिनवादी-माओवादी विचारधारा की अंधभक्ति है। नक्सली हिंसा-प्रतिहिंसा का मूल कारण भूमि-समस्या नहीं, वह राजनीतिक विचार है जो बंदूक

से राजसत्ता पर अधिकार चाहती है। जो इसके लिए भारत के दुश्मनों से भी मोर्चेबंदी करती रही है।

82. पिछले वर्षों में विभिन्न माओवादी संगठनों से पाकिस्तानी आई. एस.आई. की साँठ-गाँठ के पीछे क्या परस्पर समझदारी है? नक्सलियों के पीपुल्स वार गुट एवं पाकिस्तानी लश्करे-तोयबा के बीच लगभग दस वर्षो से जो मेल-जोल (*इंडियन एक्सप्रेस*, 29 सितंबर 1998) चल रहा है, उसका कौन सा आधार बनता है? कारगिल पर पाकिस्तानी आक्रमण के समय हमारे नक्सलियों ने विचित्र रूप से शांतिवादी चोला कैसे पहन लिया था? जो नक्सली देश के भीतर बात-बात में बंदूक चलाते हैं, वे कारगिल युद्ध के समय 'निर्दोष लोगों की जान बचाने के लिए' सक्रिय होकर पाकिस्तान से वार्ता की सलाह दे रहे थे। इस विचित्रता को केवल ऐसे ही समझा जा सकता है कि भारत के विखंडन के लिए हमारे लेनिनवादी-माओवादी पाकिस्तानी शासकों, जिहादियों से भी हाथ मिलाए हुए हैं।

83. भारत का विखंडन, व 'मुक्त इलाकों' का निर्माण जहाँ माओवादी शासन बन सके, माओवादी संगठनों की बुनियादी रणनीति है। उनके दस्तावेजों में कश्मीर, नागालैण्ड, आदि क्षेत्रों को 'आत्मनिर्णय' का अधिकार देने की वकालत का व्यवहारिक अर्थ वही है जो पाकिस्तानी आई.एस.आई. चाहती है। वैसी विखंडनवादी माँगें नक्सली दस्तावेजों में निरंतर बनी रही है। उसका खेत-मजदूरों की मजदूरी से कोई संबंध नहीं। इनका संबंध केवल भारत-विरोधी प्रतिज्ञा से है जो उन्हें देश के दुश्मनों से एक करती है। भारत-विखंडन की चाह, हत्याओं की राजनीति व अराजकता फैलाना – इस आपराधिक घटनाक्रम के लिए हर प्रकार के कम्युनिस्ट दोषी रहे हैं। नक्सली संगठन उन्हीं कम्युनिस्ट पार्टियों से बने हैं, जिनके लिए देशभक्ति और सामाजिक सौमनस्य विजातीय धारणा है। उनकी नैतिकता मानवीय नहीं, बल्कि कम्युनिस्ट नैतिकता है जिसमें मनुष्यों की जान की कोई परवाह नहीं की जाती।

यदि इसे ठीक-ठीक न समझा जाए तभी भ्रम होता है कि कम्युनिस्ट 'गरीब लोगों की राजनीति' करते हैं। सच यह है कि वह सभी मात्र सत्ता पर अधिकार की, एक काल्पनिक क्रांति की ज्वाला भड़काने की राजनीति करते हैं, जिसमें उनके लिए गरीब लोग इंधन के अलावा और कुछ नहीं।

84. कांग्रेस के जाने-माने नेता जयराम रमेश, जो हार्वर्ड विश्वविद्यालय के स्नातक रहे हैं, ने लिखा था, "पश्चिम बंगाल में शिक्षा का पूरी तरह राजनीतिकरण हो गया है। वह औसत दर्जे से भी नीचे जा रही है और छात्र दूसरे राज्यों में पलायन कर रहे हैं। बंगाल आठवें दशक के मध्य से तमिलनाडु, कर्नाटक और आंध्र प्रदेश से पिछड़ता चला गया।" (*इंडिया टुडे*,11 मार्च 2002)। पश्चिम बंगाल में पाठ्य-पुस्तकों के साथ कितनी मनमानी की गई है, यह अब जग-जाहिर है। पश्चिम बंगाल में समाज विज्ञान की स्कूली पुस्तकें बच्चों के मस्तिष्क में विष घोलती हैं। उनका उद्देश्य कम्युनिस्ट राजनीति के लिए सार्वजनिक शिक्षा के घटिया इस्तेमाल के अलावा कुछ नहीं।

85. जब सुप्रीम कोर्ट में एन.सी.ई.आर.टी. द्वारा निर्मित राष्ट्रीय पाठ्यचर्या (2000) का मामला चल रहा था तो भारत के सॉलिसिटर जेनरल हरीश साल्वे ने पश्चिम बंगाल में बच्चों को क्या सिखाया जा रहा है, इसके कुछ उदाहरण दिए थे। सुप्रीम कोर्ट में 1 अगस्त 2002 को साल्वे ने पश्चिम बंगाल के एक स्कूल के प्रश्न-पत्रों का पूरा बंडल निकाला। हिन्दी के प्रश्न-पत्र में छात्रों से निम्न-लिखित विषयों में से किसी एक पर निबंध लिखने के लिए कहा गया था–'राष्ट्रीय एकता और अखंडता झूठे राजनीतिक नारे हैं'; 'भारत में हिन्दुओं और हिन्दी के लिए कोई जगह नहीं है'; 'पंच-वर्षीय योजनाएं एक धोखा है'; 'लोकतंत्र एक षड्यंत्र है'; 'क्रांति ही प्रगति का एक मात्र रास्ता है'। इसी पर्चे में इसके अलावा छात्रों से एक अंश का संक्षेपण करने के लिए कहा गया जो इस प्रकार शुरू होता है, "नई दिल्ली एक हृदयहीन प्रशासनिक

स्थान है जहाँ लोगों के चुने हुए प्रतिनिधि नहीं, बल्कि जातियों के जंगल से निकले हुए जहरीले साँप रहते है...।" इस अंश के संक्षेपण के बदले एक लेख लिखने का विकल्प भी था। इसका शीर्षक था, "लाल किले पर लाल निशान, माँग रहा है हिन्दुस्तान।" यह पर्चा हिन्दी का था। इसके बाद साल्वे ने एक गणित का पर्चा पढ़ना शुरू किया। इसमें छात्रों से एक हिसाब पूछा गया था कि तीन दोस्त परवेज, अटल और बिल पिकनिक पर गए। परवेज ने इस दर से मांस खरीदा, अटल ने उस दर से कोई और चीज, तथ बिल ने दोनों को कुछ पैसे दिए जिससे सबके खर्चे बराबर रहे। "तो बताया बच्चों, बिल ने अटल और परवेज को कुल कितने पैसे दिए?" इसके बाद न्यायाधीशों ने साल्वे को रोक कर कहा कि बस, वे समझ गए, आगे पढ़ने की जरूरत नहीं है। (द *टेलीग्राफ,* 2 अगस्त 2002)

86. यह मार्क्सवादियों द्वारा पश्चिम बंगाल में स्कूली बच्चों की शिक्षा का एक नमूना है। कॉलेजों, विश्वविद्यालयों में भी हालत भिन्न नहीं। वहाँ तमाम नियुक्तियों से लेकर रोजमर्रे के निर्णय तक कॉलेज या विश्वविद्यालय के अधिकारी नहीं, बल्कि मार्क्सवादी पार्टी के स्थानीय या ऊपरी नेता लेते हैं। यह कलकत्ते में सब जानते हैं। मार्क्सवादियों की चिंता बच्चों की अच्छी शिक्षा नहीं, वह घातक राजनीति है जिसमें अपने सत्ता-स्वार्थ के सामने कुछ भी महत्वपूर्ण नहीं।

87. किसी भी क्षेत्र को लें, मार्क्सवादियों के पास रचनात्मक राजनीति का दृष्टिकोण कभी नहीं रहा। वे सदैव मुद्दे ऐसे चुनते रहे हैं जिसमें समाज के विभिन्न हिस्सों, समूहों के मन में विषैला संदेह डाला जा सकता हो, उन्हें आपस में लड़ाया जा सकता हो, तोड़ा जा सकता हो। ताकि राजनीति विखंडित रहे। जबकि सचमुच विकास और प्रगति की चिंता के साथ किसी भी देश में समाज और सरकार का स्थिर, सुनिश्चित मार्ग पर रहना जरूरी है। किन्तु मार्क्सवादी अपने स्वार्थ में केन्द्र की सत्ता को अस्थिर, कमजोर बनाए रखना चाहते है।

88. उदाहरण के लिए, 1998 और 1999, दोनों ही लोक सभा चुनाव केवल मार्क्सवादियों की स्वार्थ-परता और गैर-जिम्मेदारी के कारण हुए थे। 1998 में जनता दल व मार्क्सवादियों की सरकार चलते दो साल हो चुका था, जो उन दोनों से काफी अधिक सांसदों वाली कांग्रेस के समर्थन पर निर्भर थी। भाजपा को सत्ता से दूर रखने के सिद्धांत पर सरकार चल रही थी। तब कांग्रेस की इस माँग में कुछ गलत न था कि अब कुछ समय सरकार कांग्रेस चलाएगी, जिसे मार्क्सवादी और जनता दल समर्थन दें। लेकिन मार्क्सवादी अड़ गए। वे कांग्रेस के समर्थन से अपनी सरकार चलाना चाहते थे, मगर उसे सरकार चलाने के लिए समर्थन देने के लिए तैयार नहीं थे। इसी बेतुकी जिद पर लोक सभा भंग कर 1998 में चुनाव कराना पड़ा। जब नतीजे आए और बढ़त भाजपा को मिली तो वही मार्क्सवादी नेता कांग्रेस से सरकार बनाने का दावा करने का आग्रह करने लगे। जबकि यही समर्थन कांग्रेस ने उनसे पिछली लोक सभा में माँगा था, जिससे इंकार कर मार्क्सवादियों ने चुनाव थोप डाला।

89. फिर यही 1999 में हुआ। वाजपेई सरकार गिराने के लिए कांग्रेस को संकेत दिया गया कि अगली सरकार उसी के नेतृत्व में बनेगी। मगर जब सरकार गिरा ली गई, तो कांग्रेस को सरकार बनाने देने के बजाए फिर इसे, उसे समर्थन देने के लिए कहा जाने लगा। अंततः चुनाव कराना पड़ा। इन दोनों ही चुनावों से देश पर कितना आर्थिक बोझ पड़ा, कितने कामों का नुक्सान हुआ, राजनीतिक अस्थिरता से विदेशों में भारत की कितनी उपेक्षा हुई – इन सबसे सत्ता-लोलुप छुटभइयों को शायद ही कभी मतलब रहा है। मार्क्सवादियों की चिंता सिर्फ एक है: कि केन्द्र में सरकार कमजोर रहे, केन्द्रीय राजनीति विखंडित रहे, ताकि उनका बाजार-भाव चढ़ा रहे। जब देवगौड़ा या गुजराल जैसी निर्बल सरकार थी तो कामरेड सुरजीत मीडिया में छाए रहते थे। मार्क्सवादी वह चाहते हैं, जो प्रायः देश के लिए अहितकर है।

90. वर्ष 2004 में केन्द्र में सरकार बनाने के लिए कांग्रेस को समर्थन देकर माकपा ने वही क्रम दुहराया। पहले चार वर्ष शिक्षा और विदेश नीति में अनेक मनमानियाँ थोपी। फिर 2008 में भारत-अमेरिका परमाणु करार का विरोध करने के नाम पर उसी सरकार को गिराकर किसी न किसी तरह तीसरे मोर्चे की पंगु किस्म की सरकार बनाने की कूटनीति चलाई, जो मात्र संयोग से ही विफल हुई। अपनी चाल में विफल होने के बाद प्रकाश करात 'लोकतंत्र की रक्षा करने का संघर्ष' जारी रखने की बात करने लगे। पूरे प्रकरण ने यह भी दिखाया कि मार्क्सवादी राजनीतिकर्मी किस धृष्टता से मीडिया को मूर्ख बनाते हैं। मुट्ठी भर सासंदों के बल पर केंद्र सरकार को बंधक बनाना और अपनी चीन-परस्त नीतियों को देश पर थोपने के लिए सबसे बड़ी पार्टी कांग्रेस को ब्लैकमेल करना क्या लोकतांत्रिक कार्य है?

91. वर्ष 2004-2008 के बीच का संपूर्ण अनुभव यही था। इन चार वर्षों में माकपा ने केन्द्र सरकार पर अपने प्रभाव का उपयोग भारतीय हितों को हानि पहुँचाने में ही किया है। इसका सबसे गंभीर और प्रत्यक्ष उदाहरण नेपाल में उन माओवादियों को भरपूर सहयोग देकर सत्ता में पहुँचाना है जिनका घोषित लक्ष्य रहा है "भारत के विरुद्ध युद्ध चलाना"। जिस तरह केन्द्रीय माकपा नेताओं ने घोर भारत-विरोधी नेपाली माओवादियों को मदद दी, वह चिंतनीय है। सुरक्षा विशेषज्ञ ही नहीं, सामान्य अवलोकनकर्ता भी समझ रहे हैं कि नेपाल में लोकतंत्र के नाम पर वास्तव में इस्लामी, ईसाई मिशनरी शक्तियों को सशक्त जमीन दी गई है। जिनका विस्तारवादी एजेंडा जगजाहिर है और जिससे सीधे हिन्दू समाज और भारत को चोट पहुँचेगी। सत्ता पर कब्जा करते ही नेपाली माओवादियों ने नेपाल को 'सेक्यूलर' देश घोषित करके पहले कामों में पशुपतिनाथ मंदिर और *भगवतगीता* के विरुद्ध अभियान आरंभ किया। इस स्थिति को भारतीय कम्युनिस्टों की चिर-परिचित हिन्दू-विरोधी प्रतिज्ञा से अलग करके देखना बड़ी भूल होगी।

92. मार्क्सवादी नेतागण बीच-बीच में अपनी पुरानी करतूतों के लिए माफियाँ भी माँगते हैं। कभी पश्चिम बंगाल के मुख्य मंत्री बुद्धदेव भट्टाचार्य कम्युनिस्टों द्वारा नेताजी सुभाष चन्द्र बोस को दी गई गालियों के लिए माफी माँगते हैं। तो कभी पूर्व मुख्य मंत्री ज्योति बसु लंबे समय से पश्चिम बंगाल में काम का वातावरण चौपट करने के लिए अपनी 'गलती स्वीकार' करते हैं। कामरेड बसु की स्वीकारोक्ति मार्क्सवादियों के राजनीतिक सिद्धांत-व्यवहार की एक घातक भूल स्पष्ट करती है। कामगार वर्गों को निरंतर असंतोष, हड़ताल, घेराव और जुझारूपन का पाठ पढ़ाना ही दुनिया भर के मार्क्सवादी हर हाल में अपनी सबसे अनोखी विशेषता समझते थे। अब स्वयं ज्योति बसु के शब्दों में वह सब 'गुंडागर्दी' का एक रूप है, जिसने पश्चिम बंगाल के औद्योगिक वातावरण का सत्यानाश कर दिया (द *टेलीग्राफ,* 6 जनवरी 2003)।

93. जो बात बसु अब नहीं बोलते कि यह सब अनजाने नहीं हुआ था। यही उनका लक्ष्य ही था (ऊपर 1967-68 का प्रसंग देखें)। अपने मार्क्सवादी अंधविश्वास में वे मानते थे कि पहले 'बुर्जुआ' भारतीय समाज और राजनीति को तहस-नहस करके ही वे कथित समाजवाद की नींव रखेंगे। यही उनका ध्येय था जिसे अब परिस्थितियों के दबाव में वे कभी-कभी गलती मानते हैं। पर यह सच्चे हृदय से गलती मानना नहीं है, बल्कि नयी स्थिति में फिर अपना धंधा यथावत् चलाने की चाह भर से प्रेरित है।

अस्सी सालों के अपने इतिहास में भारतीय मार्क्सवादियों ने अनगिनत अपराध किए हैं। पर उससे कोई सबक नहीं सीखा। दिवंगत कम्युनिस्ट नेता मोहित सेन ने भी अपनी आत्मकथा *ए ट्रेवलर एंड द रोड* में माना है कि संपूर्ण इतिहास में कम्युनिस्टों ने हर तरह के पाप किए हैं। टैगोर, नेताजी, गाँधी, पटेल जैसे राष्ट्रीय मनीषियों, नेताओं को गाली देना तो छोटी मूर्खताएं थी। भारतीय मार्क्सवादियों का सबसे बड़ा अपराध था – उत्साहपूर्वक भारत का विभाजन कराना। प्रसिद्ध वामपंथी लेखक ख्वाजा अहमद अब्बास के शब्दों में, "भारतीय कम्युनिस्ट पार्टी ने भारत की हत्या कर दी। उसने मुस्लिम लीग की ऊल-जुलूल और देश-विरोधी

माँग को वैचारिक आधार प्रदान कर दिया।" किन्तु दुर्भाग्यवश आज भी मार्क्सवादी राजनीति कुछ उसी रास्ते पर है जिससे वह देश का एक विभाजन करा चुकी है।

94. वस्तुत: वर्ग-संघर्ष के नाम पर देशभक्ति का सैद्धांतिक-व्यवहारिक विरोध भी मार्क्सवादियों का एक बुनियादी उसूल रहा है। कार्ल मार्क्स की वह प्रसिद्ध उक्ति थी कि "मजदूरों का कोई देश नहीं होता।" जब देश ही नहीं, तो देश-भक्ति कैसी? इसी प्रभाव में भारतीय मार्क्सवादियों ने बार-बार देश-द्रोह किया और आज भी कर रहे हैं (अमेरिका जाकर वहाँ की संसद समिति के सामने हमारे मार्क्सवादी प्रोफेसर का अपने ही देश की सरकार के विरुद्ध झूठी गवाही देना और क्या है!)। 1942 में उन्होंने 'अंग्रेजो भारत-छोड़ो' आन्दोलन में राष्ट्रीय नेताओं के विरुद्ध अंग्रेज शासकों का साथ दिया था। वह भी इस तरह कि कम्युनिस्ट पार्टी कांग्रेस आंदोलनकारियों की खबर अंग्रेजों को देकर बदले में ईनाम माँगती थी। यह सब द्वितीय विश्व-युद्ध में सोवियत संघ को मदद पहुँचाने के नाम पर किया गया, जो कम्युनिस्टों के अपने शब्दों में उनकी 'एकमात्र पितृ-भूमि' थी!

95. यही चरित्र 1962 में भारत पर चीनी आक्रमण के समय दिखा। यद्यपि भारतीय कम्युनिस्टों से इस पर मदभेद था, लेकिन बाद में टूटकर मार्क्सवादी कम्युनिस्ट पार्टी बनाने वालों ने कम्युनिस्ट चीन को नहीं बल्कि 'नेहरू की सरकार' को हमलावर कहा था। यहाँ तक कि भारत के कुछ सीमावर्ती क्षेत्रों को वे चीन का बताते हुए प्रचार भी करते थे, जिसके विवरण वामपंथी साप्ताहिक *ब्लिट्ज* में भी छपे थे। तब हमारे मार्क्सवादियों का अंध-तर्क था कि एक कम्युनिस्ट देश आक्रमणकारी हो ही नहीं सकता। जरूर बुर्जुआ नेहरू ने कुछ बदमाशी की है जिससे बात बिगड़ी। उन्हें अपने देश की सरकार की बजाए कम्युनिस्ट चीन सरकार की बात विश्वसनीय लगती थी। हालाँकि जब 1978 में उसी चीन ने वियतनाम पर हमला किया, तो इन्हीं मार्क्सवादियों ने चीन को हमलावर

माना। किन्तु 1962 के लिए ये आज भी चुप्पी साध लेते हैं। इस प्रकार मार्क्सवादियों ने अपने देश की बजाए साम्यवादी देशों और उनकी सरकारों के प्रति वफादारी रखी है। वे हमारे देश के कम्युनिस्ट शत्रुओं के लिए एक भीतरघाती, पंचमाँगी (फिफ्थ-कॉलमनिस्ट) दस्ता बने रहे हैं।

96. भारतीय मार्क्सवादी विदेशी कम्युनिस्ट सरकारों के प्रति ऐसी वफादारी का ईनाम भी लेते रहे हैं। सोवियत विघटन के बाद वहाँ के अभिलेखागारों से पता चला कि सोवियत सरकार दुनिया भर की कम्युनिस्ट पार्टियों को सालाना करोड़ों डॉलर गुप्त रूप से देती थी। इसमें भारतीय कम्युनिस्ट भी थे। इसका पार्टीवार पूरा विवरण अब रूसी विदेश मंत्रालय के प्रकाशित दस्तावेजों में उपलब्ध है। भारतीय प्रेस में भी इसके कुछ विवरण छपे (उदाहरण के लिए *हिन्दुस्तान टाइम्स*, 26-27 अप्रैल 2001)। सोवियत संघ ही नहीं, चीन से भी मार्क्सवादियों को आर्थिक, भौतिक सहायता मिलती रही है। हमारे कम्युनिस्टों ने कभी इसका खंडन करने का साहस नहीं किया। 1991-92 में एक बार जब संसद में इसकी जाँच की माँग उठाई गई, तो कम्युनिस्ट नेता इंद्रजीत गुप्त ने कहा कि सभी पार्टियों की जाँच हो, तभी कम्युनिस्ट पार्टियों की भी हो। स्पष्टत: उन्हें जाँच का सामना करने का साहस न था।

97. न केवल भारतीय कम्युनिस्ट नेताओं ने विदेशी सरकारों से अवैध धन लिए। बल्कि उन लाखों डॉलरों का हिसाब उन्होंने किसी को नहीं दिया! न भारत सरकार को, न ही अपने पार्टी सदस्यों को। यहाँ तक कि अपनी 'पार्टी कांग्रेस' रूपी कथित रूप से सर्वोच्च ईकाई को भी कम्युनिस्ट नेताओं ने कभी कोई हिसाब नहीं दिया। इस प्रकार वे देश के कानून और अपने सदस्यों, समर्थकों के विश्वास से खेलते रहने के भी अपराधी रहे हैं। आज इसमें कोई संदेह नहीं कि सोवियत या चीनी सरकारों द्वारा दी गई ऐसी अवैध सहायताएं मुफ्त नहीं होती थी। दाता सरकारों को उसका प्रतिदान अपने देश के हितों को नुकसान पहुँचाकर दिया जाता रहा है। यह देश-द्रोह नहीं तो और क्या था!

98. देश की अंदरूनी राजनीति में भी मार्क्सवादियों ने एक से एक घातक कार्य किए हैं। फरवरी 1948 में 'देश की आजादी झूठी है' बताकर इन्होंने सशस्त्र संघर्ष द्वारा भारत सरकार का तख्ता-पलट करने का बिगुल बजाया था। इसमें जो असंख्य निरीह कम्युनिस्ट कार्यकर्त्ता, उनके समर्थक या सरकारी सिपाही मारे गए, उसके लिए मार्क्सवादी नेतागण ही उत्तरदायी हैं।

99. फिर आर्थिक विकास के सर्वश्रेष्ठ मॉडल के रूप में कम्युनिस्ट देशों का मिथ्या प्रचार भी हमारे मार्क्सवादियों का बड़ा भारी अपराध था। चाहे वह गरीबी मिटाने का मामला हो या सामाजिक समस्याओं का निदान। हमेशा सोवियत संघ या लाल चीन के मनगढ़ंत, जाली आंकड़ों या नकली तस्वीरों से भारत के बुद्धिजीवियों, आम जनता, यहाँ तक कि हमारी सरकारों तक को दिग्भ्रमित किया जाता रहा। कम्युनिस्ट देशों और उनका ढोल बजाने वालों के झूठे प्रचार ने ही श्रीमती इंदिरा गाँधी को उद्योगों, सेवाओं के धुँआधार राष्ट्रीयकरण के लिए प्रेरित किया था (राज थापर की आत्मकथा *ऑल दीज इयर्स* में भी इसका उल्लेख है)। उस कारण भारत का आर्थिक-वैज्ञानिक- तकनीकी विकास कितना पिछड़ा, यह आज चारो तरफ, हर क्षेत्र में विनिवेश की नीति से और स्वयं चीन, रूस में अर्थव्यवस्था को ठीक उल्टे घुमाने की विवशता से देखा जा सकता है। इस ऐतिहासिक अपराध, देश को दशकों पीछे ढकेलने के मुख्य दोषी भी मार्क्सवादी ही हैं।

जब 1985 में प्रधान मंत्री राजीव गाँधी ने कम्प्यूटर ज्ञान और विकास पर जोर देना आरंभ किया तो मार्क्सवादियों ने उसका विरोध किया। यह कह कर कि 'कम्प्यूटर जन-विरोधी टेकनोलॉजी है, जो लोगों का रोजगार छीन लेगी'। अब पश्चिम बंगाल की मार्क्सवादी सरकार अपने यहाँ कार्य-संस्कृति विकसित करने के लिए अमेरिकी माइक्रोसॉफ्ट कंपनी की सेवाएं ले रही है! विज्ञान, टेकनोलॉजी और अर्थव्यवस्था के अंतसंबंध के बारे में मार्क्सवादी समझ ऐसी विचित्र रही है। अर्थात् उस विषय की (उत्पादन व्यवस्था, उत्पादन संबंध और अर्थशास्त्र) जिसके

बारे में वे स्वयं को पंडित मानते थे! कंप्यूटर पर उनका रूख तो हाल का उदाहरण है, वस्तुतः कृषि-संबंध, जमीन का बँटवारा, औद्योगिक संबंध आदि हर विषय में कम्युनिस्टों ने जिन नीतियों की हिमायत व प्रचार किया – उससे देश और गरीब जनता की भी सिर्फ हानि ही हानि हुई है।

100. इस प्रकार यदि मार्क्सवादी घोषणाओं, दावों और आंदोलनों का पिछले साठ-सत्तर सालों का क्रमबद्ध रिकॉर्ड यदि सामने रखा जाए, फिर उसके तात्कालीन एवं बाद में हुए, होते रहे परिणामों का भी आकलन किया जाए तब जाकर कुछ अनुमान होगा कि मार्क्सवादी-लेनिनवादी राजनीति और बौद्धिकता ने अर्थव्यवस्था, सामाजिक सौहार्द, शिक्षा, संस्कृति आदि प्रत्येक क्षेत्र में देश का कितना भयानक नुकसान किया है। यह समझना बड़ी भारी भूल है कि मार्क्सवादियों के विघटनकारी, प्रतिगामी विचारों से सिर्फ पश्चिम बंगाल पिछड़ा। भारत में व्यापक अशिक्षा, अंग्रेजी वर्चस्व और बुद्धिजीवियों की अधकचरी स्थिति को देखते हुए मार्क्सवादी विचारों, प्रचारों ने चौतरफा भारी हानि पहुँचाई है। शिक्षा और संस्कृति का हर क्षेत्र मार्क्सवादी राजनीति की धूर्त चालों की गिरफ्त में आकर अत्यंत विकृति हो गया। इतिहासलेखन में उसके कारनामों से अब जाकर लोग कुछ परिचित हो रहे हैं। मगर साहित्य, संस्कृति, कला आदि क्षेत्रों में मार्क्सवादी कूट के विषैले प्रभाव को तो अभी समझा भी नहीं गया है।

साहित्य, कला आदि के मुकाबले राजनीतिक परिदृश्य में मार्क्सवादी प्रभाव का नुकसान अधिक सरलता से दिखता है। इसीलिए आज से बासठ वर्ष पहले (25 अक्तूबर 1947) ही स्वयं महात्मा गाँधी ने भी नोट कर लिया था:

> कम्युनिस्ट समझते हैं कि उनकी सबसे बड़ी सेवा – मनमुटाव पैदा करना, असंतोष को जन्म देना और हड़ताल कराना है। वे यह नहीं देखते कि यह असंतोष, ये हड़तालें, अंत में किसे हानि पहुँचाएंगी। अधूरा ज्ञान सबसे बड़ी बुराइयों में से एक है... कुछ लोग ज्ञान और निर्देश रूस से प्राप्त करते हैं।

> हमारे कम्युनिस्ट इसी दयनीय हालत में जान पड़ते हैं। मैं इसे शर्मनाक न कहकर दयनीय कहता हूँ, क्योंकि मैं अनुभव करता हूँ कि उन्हें दोष देने के बजाए उन पर तरस खाने की आवश्यकता है।... ये लोग अब एकता को खंडित करने वाली उस आग को हवा दे रहे हैं जिसे अंग्रेज लगा गए थे।

यह पूरी बात आने वाले समय में भी यथावत् लागू होती रही! और फिर भी कम्युनिस्ट नेता और मार्क्सवादी बुद्धिजीवी मीडिया में इतना मान-सम्मान पाते हैं! यह संभवतः किसी अन्य लोकतांत्रिक देश में नहीं देखा जा सकता।

यह एक तरफ विचित्र लगता है, दूसरी तरफ आश्चर्यजनक। विचित्र इसलिए कि अच्छे-भले, पढ़े-लिखे, सामान्यतः विवेकवान प्रतीत होने वाले लोग भी कितने मूढ़ हो सकते हैं। जो बात आम आदमी समझ सकता है, कि झगड़े फैलाने से, भविष्य की काल्पनिक बातों के नाम पर वर्तमान को तहस-नहस करने और सामाजिक विध्वंस से किसी का भला नहीं होता। मगर यह बात ज्योति बसु जैसे नेता को 80 वर्ष की आयु में वह भी थोड़ी समझ में आयी! आश्चर्यजनक इसलिए कि निरंतर छः-सात दशकों से ऐसी विघटनकारी नीति के बावजूद मार्क्सवादियों के प्रति हमारे बुद्धिजीवियों में इतनी श्रद्धा कैसे बनी रही है? दूसरे शब्दों में, 'जनता' की रट लगाने वाले जिन मार्क्सवादियों को स्वयं आम जनता ने कभी विशेष महत्व नहीं दिया, उन्हें बुद्धिजीवी समाज ने इतना आदरणीय कैसे मान लिया? यहाँ तक कि समाजवादी देशों के अरअराकर गिर जाने के बाद भी किसी ने मार्क्सवादियों से उस झूठ का हिसाब नहीं माँगा, जो वे उन देशों के बारे में दशकों से फैलाते रहे थे। यह भी एक अलग दिलचस्प सवाल है जिसपर विचार करने से अनेक रहस्यों पर पर्दा उठेगा।

2

साम्यवादी नेताओं का मूल्यांकन

कम्युनिस्ट पार्टियों में नेता की भूमिका बहुत महत्वपूर्ण होती है। क्योंकि उनके हाथों में इतनी शक्ति होती है जिसकी तुलना दूसरी, लोकतांत्रिक पार्टियों के नेताओं से नहीं की जा सकती। इसलिए कम्युनिस्ट नेताओं के बारे में कुछ अधिक गहराई से जानना चाहिए। यह एक विडंबना है कि ऊपर से दिखने में प्राय: कम्युनिस्ट नेता अधिक आदर्शवादी, अधिक चरित्रवान, अधिक नि:स्वार्थ लगते हैं। यह कोई संयोग की बात नहीं है। पूरी दुनिया का अनुभव है कि कम्युनिस्ट पार्टियों में आने वाले व्यक्ति प्राय: बहुत भले, आदर्शवादी, समर्पित, नि:स्वार्थ इंसान होते रहे हैं। किन्तु यह भी उतना ही सही अनुभव है कि समय के साथ वे जड़-मस्तिष्क, विवेकशून्य और समाज-विरोधी लोगों में बदल जाते हैं। विशेषकर राज्यसत्ता हाथ में आ जाने के बाद तो उनमें से कई नेता भयंकर कृत्यों को अंजाम देने वाले, आदमखोर शैतानों में बदल जाते हैं।

इस बात को ठीक से समझे जाने की आवश्यकता है। इसके बिना कम्युनिस्ट संगठन की भयावहता को समझना संभव नहीं। प्रसिद्ध अमेरिकी लेखक हावर्ड फास्ट ने अपने सुदीर्घ राष्ट्रीय और अंतर्राष्ट्रीय अनुभव के आधार पर इस बात पर बहुत जोर दिया है। उनके शब्दों में,

> नजदीक से मैंने केवल संयुक्त राज्य अमेरिका की कम्युनिस्ट पार्टी को ही जाना है; फिर भी इस छोटे से संगठन में भी मैं ईमानदारी से, साफ-साफ

> और जरूरत पड़े तो शपथ लेकर कह सकता हूँ, कि इतने छोटे समूह में इतने सच्चे लोग मैंने कभी नहीं देखे, इतने भले और अच्छे लोग, चारित्रिक दृढ़ता वाले अनेकानेक पुरुष और स्त्री।
>
> और जब तक आप इस बात को एक सत्य के रूप में स्वीकार करने को राजी नहीं, जो एक ऐसे आदमी द्वारा कही जा रही है जिसने उनसे नाता तोड़ लिया है और फिर उन्हें अपना साथी नहीं कह सकता, आप हमारे समय की – संभवतः पूरे मानव इतिहास में किसी समय की, सबसे जटिल और अविश्वसनीय स्थिति को समझने की शुरुआत भी नहीं कर सकते।

कम्युनिस्ट पार्टी की प्राथमिक, जमीनी ईकाई साधारण कार्यकर्ताओं की 'शाखा' या 'ब्रांच' कहलाती है। उनमें तीन (या पाँच) से लेकर सौ से भी अधिक सदस्य हो सकते हैं। वस्तुतः वही कम्युनिस्ट पार्टी की असली सक्रिय शक्ति होती है। उनमें अधिकांश लोग ईमानदार, कर्तव्यनिष्ठ, सरल विश्वासी और समर्पित व्यक्ति होते रहे हैं। ऊपर पार्टी के नेतृत्व में या देश-दुनिया की हालत में क्या परिवर्तन या राजनीतिक दाँव-पेंच चल रहे हैं इससे शाखाओं के उन ईमानदार सदस्यों को बहुत कम फर्क पड़ता है। वे अपने अच्छे चरित्र, निष्ठा और समझ को ही 'पार्टी' समझते रहे हैं और इसी विश्वास में पार्टी द्वारा तय किए गए हर निर्णय या मूल्यांकन का बचाव करते रहे हैं। और इसी अंधविश्वास के अन्तर्गत ऊपरी नेताओं द्वारा दिए गए आदेश को लागू भी करते हैं।

भारत में तो सभी कम्युनिस्टों के लिए, कम से कम सोवियत विघटन से पहले के जमाने तक, वामपंथी प्रचार की सबसे मोटी, अतिसरलीकृत, मानवीय लगने वाली सबसे आकर्षक – चाहे निरी काल्पनिक – प्रतिज्ञाएं ही उनके लिए कुल मार्क्सवाद होता था। जिस पर अंधविश्वास में वे गैर-कम्युनिस्ट लेखकों, विद्वानों, नेताओं द्वारा की गई हर आलोचना को उन महान मानवीय उद्देश्यों का विरोध और 'दुश्मन' द्वारा किया गया हमला मानकर उग्र प्रतिवाद करते हैं। इस प्रकार सबसे ईमानदार व्यक्ति अपने कम्युनिस्ट अंधविश्वास से समय के साथ पूरी तरह विवेकशून्य हो जाता है। आगे चल कर, सत्ता में आने पर या उससे पहले भी, अपने नेताओं द्वारा या दूसरे देशो में सत्ताधारी

कम्युनिस्टों द्वारा किए गए सबसे भयंकर अत्याचारों, मिथ्याचारों के साथ सहयोग करता है। कई बार वही व्यक्ति स्वयं ऐसे काम करने भी लगता है, यह सोचकर कि इसी से 'मानवता की मुक्ति होगी' या अभी वर्ग-शत्रुओं से निपटने के लिए 'तात्कालीन रूप से' ऐसा करना जरूरी है। मगर अंत में वह ऐसी मतिशून्य अवस्था में पहुँच जाता है कि वह न तो अन्याय, अत्याचार, और न ही वह करने वालों को देखकर भी नहीं देख पाता। स्वयं भी अत्याचार, मिथ्याचार करते हुए भी उसे अत्याचार, मिथ्याचार के रूप में पहचान तक नहीं पाता।

कम्युनिस्ट कार्यकर्त्ताओं की यह परिणति और इसकी पूरी प्रक्रिया गंभीरता से समझने की चीज है। हावर्ड फास्ट ने लिखा है कि जब जेल में अमेरिकी कम्युनिस्ट पार्टी के प्रतिष्ठित नेता जॉन गेट्स ने ब्रिटिश लेखक जॉर्ज आरवेल की प्रसिद्ध पुस्तक *1984* (जिसे पढ़ने के बारे में कम्युनिस्टों के आत्म-प्रतिबंध लगाए रखा है) पढ़ी तो उन्होंने बड़े आश्चर्य के साथ उसमें अपनी, अपनी पार्टी और सोवियत संघ की सच्ची किन्तु भयावह तस्वीर देखी। गेट्स उन कुछ बिरले नेताओं में थे, जिन्होंने अपना विवेक और मूल प्रेरणा छोड़ी न थी। इसलिए वह समय-समय पर सच्चाई का सामना करते रहे थे। उस पुस्तक में उन्होंने पाया कि वह लोग कैसे कहाँ से चलकर किस चीज में बदल गए है।

फास्ट के शब्दों में, "कम्युनिस्ट पार्टी के (बुरे, झूठे या विचित्र) नेतागण कोई दुर्घटना, गड़बड़ी, खेल का नतीजा या मिसफिट नहीं हैं जो किसी तरह संगठन में घुस आए; वे तो इस संगठन की भयंकर तर्कपूर्ण परिणति मात्र हैं।" सबसे समर्पित कार्यकर्त्ता भी घटनाओं के इस स्वभाविक तर्क से बाहर नहीं हैं। वे सबके सब इसके अंग हैं। चाहे समय के साथ स्वयं वैसे ही नेता बन जाने में या दूसरों को बनाने में। फास्ट ने स्वयं इस पहचान का जिक्र एक महत्वपूर्ण घटना के संदर्भ में किया है।

सोवियत संघ की कम्युनिस्ट पार्टी की बीसवीं कांग्रेस में पढ़ी गई निकिता ख्रुश्चेव की प्रसिद्ध 'गोपनीय रिपोर्ट' (1956) *न्यूयॉर्क टाइम्स* में 5 जून 1956 को अविकल प्रकाशित हो गई थी। वह छपने के दूसरे

दिन अमेरिकी कम्युनिस्ट पार्टी के अखबार *डेली वर्कर* के दफ्तर में अखबार के सभी लेखक और पत्रकार आपस में बैठे। सब ने वह पूरी रिपोर्ट पढ़ ली थी, और उसकी क्रूर, भयावह और सर्द सच्चाई से सहमे हुए थे। मानो एक बड़े हादसे का शोक मनाने, उसका पूरा वजन समझने एकत्र हुए थे। वहाँ मौजूद सभी कम्युनिस्ट प्रौढ़ वय के लोग थे, जिनकी पूरी युवावस्था कम्युनिस्ट आंदोलन के लिए ही गुजरी थी। जिन्होंने उसके लिए गरीबी, जेल, युद्ध और मौत तक का सामना किया था। जिन्होंने इसके लिए जीवन में समृद्धि, सफलता, यश, प्रतिष्ठा या अच्छे कैरियर को ठुकराया था। जिन्हें दसियों साल से समाज या अमेरिकी प्रशासन से प्रताड़ना सहनी पड़ी थी। मगर यह सबलोग मानवता के भविष्य के एक सुंदर सपने के साथ एक रह कर काम करते रहे थे। और तब विमर्श के दौरान फास्ट बोल पड़े, "क्या यहाँ पर कोई ऐसा साथी है जो कह सकता है, (सोवियत अतीत के बारे में जो) अब हम जानते हैं उस आधार पर कि यदि हमारी अपनी पार्टी के नेताओं के हाथ में राज्य-सत्ता रही होती, तो क्या हममें से आज कोई भी जीवित बचा रहा होता?"

> सबने मेरी ओर देखा, मगर किसी ने चुप्पी नहीं तोड़ी। हम एक रास्ते के अंत पर आ पहुँचे थे, और हम जानते थे कि किसकी कृपा से हम आज जीवित थे हम अब समझ रहे थे – और हे भगवान, यह कितनी भयंकर जानकारी हुई थी! हम में से हरेक ने अपनी योग्यता और सामर्थ्य के अनुसार – कुछ ने ज्यादा, कुछ ने कम – अपना जीवन मानवता के लिए, भाईचारे के लिए दिया था – और हम अब जान पाए कि उसका ईनाम सिर्फ मौत था।

मौत जो उन्हें अपने ही नेताओं के हाथों मिल चुकी होती, यदि केवल नेताओं को इसकी ताकत मिली होती। यह समझ खुश्चेव रिपोर्ट को पढ़ते ही किसी भी समझदार कम्युनिस्ट को हो सकती है। रिपोर्ट बताती थी कि स्तालिन और उसके हत्यारों ने अपने ही हर उस कम्युनिस्ट की भी हत्या कर दी जिस पर कहीं भी, किसी चीज पर भी मतभेद रखने का संदेह तक भी हुआ।

पर क्या कोई भी सोचने-विचारने वाला मनुष्य, चाहे वह कम्युनिस्ट अंधविश्वासी ही क्यों न हो, कभी न कभी किसी प्रस्ताव, परिस्थिति या कार्य पर कोई मत-वैभिन्य रखे बिना, शंका किए बिना रह सकता है? लेकिन कम्युनिस्ट सांगठनिक परंपरा में प्राय: इसकी सजा मौत (आत्महत्या के रूप में भी), जेल, या उत्पीड़न रही है, यदि पार्टी को एकाधिकारी सत्ता हासिल हो चुकी हो। और यह एकाधिकारी सत्ता अथवा 'सर्वहारा की तानाशाही' पार्टी का एक बुनियादी लक्ष्य था। इसलिए इस तर्क को समझना संभव है कि सत्ता-विहीन कम्युनिस्ट पार्टियों में सचेत, समझदार, चिंतनशील कम्युनिस्टों की प्राण-रक्षा सिर्फ इसी बात से होती रही है कि उनकी पार्टी के हाथ में देश की सत्ता का एकाधिकार नहीं आया! भारत की कम्युनिस्ट पार्टी में भी इसके उदाहरण है। अत: फास्ट के अनुभवसिद्ध, सुविचारित शब्दों में, "जो जानकारी हमारे संपूर्ण अनुभवों की परिणति के रूप में हमें हासिल हुई, वह यह नहीं कि पार्टी का नेतृत्व खून का प्यासा या मनोरोगी है। बल्कि यह कि मृत्यु का नक्शा कम्युनिस्ट पार्टी की संरचना में अंतर्गठित मूर्ति-भंजक प्रवृत्ति की अंतिम और अनिवार्य परिणति है।" इसलिए ख्रुश्चेव की गोपनीय रिपोर्ट के भयंकर तर्क और यथार्थ को वही सबसे अधिक गहराई से समझ सकते हैं जो कहीं भी कम्युनिस्ट पार्टी संगठन के कार्य से नजदीक से और लंबे समय जुड़े रहे हैं।

इसी कारण, हमें भारतीय कम्युनिस्ट नेताओं के प्रति भी कोई गलतफहमी नहीं पालनी चाहिए। यद्यपि पश्चिम बंगाल और केरल में कम्युनिस्ट नेताओं की तकनीक के बारे में समय-समय पर पर्याप्त समाचार आते रहे हैं। ऊपर स्वयं एक कम्युनिस्ट नेता ने उसका सटीक चित्रण किया है। किन्तु, फिर भी अज्ञान और वैचारिक पक्षपात के कारण देश भर के अनेक लेखक, बुद्धिजीवी और पत्रकार हमारे यहाँ की कम्युनिस्ट पार्टियों और नेताओं के बारे में एक असत्य छवि प्रस्तुत करते रहते हैं। अथवा उनकी वास्तविक छवि को छिपाते रहते हैं।

नीचे भारत के कुछ प्रसिद्ध कम्युनिस्ट नेताओं के बारे में राज थापर की पुस्तक *ऑल दीज इयर्स* (1991) से कुछ अंश दिए गए हैं। राज

और उनके प्रति रोमेश थापर 1940 से लगभग 1956 तक भारतीय कम्युनिस्ट आंदोलन के शीर्ष स्तर नेतृत्व के निकट रह कर कार्य करते रहे थे। बाद में भी वे देश के बौद्धिक, सांस्कृतिक क्षेत्र में बहुत बड़ी हस्ती बने रहे। 1967 से 1974-75 तक वे भारत की प्रधान मंत्री इंदिरा गाँधी के निकटतम मित्र और सलाहकारों में भी थे। उस जमाने में अनेक कम्युनिस्ट और पूर्व-कम्युनिस्ट कार्यकर्ताओं को उन्होंने बड़े-बड़े अकादमिक पदों पर बिठाया। थापर दंपति ने ही प्रसिद्ध अंग्रेजी वैचारिक मासिक *सेमिनार* की स्थापना भी की थी।

भारत के शीर्षस्थ जाने-माने कम्युनिस्ट नेताओं के बारे में नीचे उद्धृत विवरण और आकलन राज थापर के अपने, प्रत्यक्ष, अनुभूत हैं। पिछले सत्तर-अस्सी वर्ष के कम्युनिस्ट आंदोलन के उपर्युक्त आकलन के साथ कुछ कम्युनिस्ट नेताओं का यह अदद, वैयक्तिक आकलन भी अत्यंत शिक्षाप्रद है। ध्यान से विचार करें, तो दोनों आकलन मिलकर संपूर्ण कम्युनिस्ट आन्दोलन के सदैव मूलतः अंधविश्वासी और समाज-विरोधी होने का प्रमाण देते हैं। साथ ही इसका भी कि अपने जड़ीभूत विचारों, अंधविश्वासों के चलते कम्युनिस्ट पार्टी ने देश को कितनी अपरिमित हानि पहुँचाई। इन अनुभवों के आलोक में आज भी मार्क्सवादियों द्वारा भारतीय समाज की की जा रही निरंतर हानि को अधिक अच्छी तरह समझा जा सकता है।

पहले भारतीय कम्युनिस्ट पार्टी का मुख्यालय बंबई था। इसके नेताओं ने देश और दुनिया शायद ही देखी थी। सबके सब अपनी कल्पना में ही सामाजिक-आर्थिक शोषण, क्रांतिकारी परिस्थिति, वर्गीय संघर्ष का नक्शा बनाते रहते थे। उसी खामखयाली में भारतीय कम्युनिस्ट पार्टी ने 1943 में मुस्लिम लीग की पाकिस्तान की माँग का जबर्दस्त सैद्धांतिक, व्यवहारिक समर्थन किया था। राज थापर तब बमुश्किल उन्नीस वर्ष की थीं जब उन्हें कम्युनिस्ट नेताओं का पाकिस्तान-परस्त रुख समझ से परे लगता था। वह तब केवल इतना जानती थीं कि मार्क्सवाद हर तरह के मजहब का विरोधी है।

इसीलिए भारत के वह सारे शीर्ष मार्क्सवादी नेतागण ठीक मजहब (इस्लाम) के ही आधार पर भारत विभाजन के लिए क्यों उत्साह में हैं – यह राज थापर को विचित्र और सरासर गलत लगता था। उस समय मोहन कुमार मंगलम बड़े बौद्धिक, निष्ठावान, समर्पित कम्युनिस्ट समझे जाते थे। उनसे इस विषय पर बहस करते हुए राज का मन होता था कि सब चीजें उठा कर उन पर दे मारें! यह 1945–46 की बात है। वे लिखती हैं,

> मेरे जबड़े दुःखने लगते थे जब मैं पंजाबी होने का अर्थ समझाती। हिन्दू, सिख और मुस्लिमों की साझी भाषा और संस्कृति के बारे में बोलती। मैं आज तक नहीं समझ सकी कि पाकिस्तान के विचार के कम्युनिस्ट समर्थन के पीछे क्या था, किस निहित स्वार्थ ने उन्हें जकड़ लिया था कि उन्होंने अपने कार्यकर्ताओं, अपनी ऊर्जा को उसके समर्थन में बर्बाद किया जो स्पष्टतः हमारे राजनीतिक जीवन की सबसे प्रतिक्रियावादी प्रवृत्ति थी। और उन सब लोगों में मोहन, जिसे मैं तब समझती थी कि उसने मार्क्सवाद के सभी मूल लेखन को चाट लिया है, कैसे वह जिन्ना को वह ढेर सारे बौद्धिक तर्क और समर्थन मुहैया करा सकता था जिसकी उसे सख्त जरूरत थी?

नीचे नेताओं के नाम के अंतर्गत दिए गए सभी विवरण राज थापर के अपने शब्दों में हैं। कोष्ठकों में दी गई बातें उनकी नहीं हैं। वह पाठ को स्पष्ट करने के लिए इस लेखक ने जोड़ी है।

पी.सी. जोशी

इसी (1945–46) आसपास मैं पहली बार पी.सी. जोशी (तब भारतीय कम्युनिस्ट पार्टी के महासचिव) से मिली। वे एक रात हमारे घर खाने पर आए थे। उसकी तैयारी, खाने की नहीं बल्कि उनकी उपस्थति को संभालने की, बेहद तनाव भरी थी। तभी मैंने पहली बार समझा कि कम्युनिज्म में नेता कोई गलती कर ही नहीं सकता, वह अपने आप में सबकी भावनाएं और चिंतन समाहित रखता है, यहाँ तक कि क्रांति मात्र को। उसकी आभा संतों से भी ज्यादा होती है क्योंकि यह द्वंद्वात्मक भौतिकवाद और वैज्ञानिक प्रवृत्ति पर आधारित होती है। जब तक वे घर

आए मैं इतनी नर्वस हो चुकी थी कि मैंने अपने सभी नाखून काट खाए। मैं यही सोच रही थी कि उनकी उपस्थिति में ऐसा कुछ न कह दूँ जिससे उन्हें लगे कि मैं कोई मूर्ख बुर्जुआ हूँ, जो सोचने या मजदूर वर्ग के लिए लड़ने में अयोग्य है। इन बातों के भार से मैं इतनी दब गई थी कि मैं लगभग बोलने की शक्ति खो चुकी थी, और मेरे कान उनके द्वारा बोले हर अक्षर को सुनने के लिए व्यग्र थे। मगर, अफसोस, वह होने वाला न था। उनके मुँह से शब्द इस तेजी, बेतरतीबी और एक-दूसरे से उलझे निकल रहे थे, आरंभ, अंत और बीच भी सब एक-दूसरे में मिले जा रहे थे। जब बाद में मैंने मोहन (कुमार मंगलम, बड़े कम्युनिस्ट नेता, जो तब थापर दंपति के बड़े घनिष्ठ थे) से इसकी चर्चा की, तो उसने कहा कि ऐसा इसलिए है कि पी.सी. का दिमाग इतना तेज है, और हर चीज में इतना आगे चलता है, दौड़ता हुआ, कि उनकी बोली उसके साथ गति नहीं रख पाती!

....

(यह स्वतंत्रता प्राप्ति के तुरन्त बाद की बात है। डेढ़ वर्ष बाद विदेश से लौटते ही) दूसरी सुबह हम अधीरता से कम्युनिस्ट पार्टी मुख्यालय पहुँचे।... हर कोई अपने कमरे में था, और जब हमने मोहन को ढूँढा, वह व्यस्त सा लगा, उसके चेहरे पर एक अटपटी मुस्कान आई। हमने उसे बताया कि हम पार्टी सदस्यता का आवेदन भरने आए हैं। 'नहीं, नहीं, अभी नहीं', उसने एक लज्जित सी हँसी के साथ कहा। हमने प्रतिवाद किया, उसकी प्रतिक्रिया सुनकर हम चकित परेशान हो गए थे। जब हमने जोर दिया तब उसने स्पष्ट किया और विस्तार से बताने लगा कि कैसे पी.सी. जोशी का दिमाग खराब हो गया है, वह असोचनीय बातें सोचने लगे हैं और अपने कमरे में बंद रहते हैं और किसी से नहीं मिलते।

यह हमें बाद में पता चला कि उन्हें जबर्दस्ती बंद कर दिया गया है और एक 'आत्मालोचना' लिखने कहा गया है। वह कम्युनिस्ट आत्म-स्वीकृति, जिस में गलत राजनीतिक मूल्यांकनों के लिए उन्हें स्वयं अपनी निंदा करनी थी। रणदिवे ने उनसे सवाल किया था कि कैसे

जोशी यह कल्पना कर सके कि भारत ने आजादी प्राप्त कर ली है, कि कोई जिसका दिमाग खराब हो गया हो, वही ऐसा विश्वास कर सकता था। और इसी तर्क से रणदिवे ने पोलित ब्यूरो के बहुमत को समझा लिया था और वे सबके सब अपने पहले नेता के विरुद्ध शिकायती मुद्रा में खड़े हो गए थे, और उस पर दबाव डाल रहे थे कि वह स्वीकार करे कि वह गलत था और कि भारत स्वतंत्र बिलकुल नहीं हुआ है!

बी. टी. रणदिवे

जोशी को चुनौती देने वाले रणदिवे के पास बड़ी सीधी लाइन थी – कि देश के राजनीतिक जीवन में ऐसा कुछ नहीं हुआ है कि हम मानें कि हमने आजादी पा ली है। हम पहले की ही तरह साम्राज्यवाद से बँधे हैं, और यह भारत के स्वतंत्र हो जाने की बात हमारे देश के बुर्जुआ द्वारा हमारी आँखों पर डाला गया पर्दा है। यह बुर्जुआ ब्रिटिश और अमेरिकी साम्राज्यवाद से मिला हुआ है। नेहरू अमेरिकी साम्राज्यवाद का 'दौड़ता कुत्ता' है और यह पार्टी का काम नहीं कि 'राष्ट्रीय बुर्जुआ' के 'पीछे-पीछे चले'।

मैं इस तरह के शब्दों से परिचित होती जा रही थी, उनके साथ सहजता महसूस करने लगी थी। उन सबका विशेष अर्थ था और वे दिमाग में एक साफ-सुथरे पैटर्न में जगह बना लेते थे। सिद्धांत का मतलब (शब्दों के) ऐसे टुकड़ों को ऐसी आड़ी-तिरछी पहेली के रूप में रखना था ताकि वे (मस्तिष्क में) एक-दूसरे में फिट होकर बैठ जाएं। इसी को वैज्ञानिक (विचार, पद्धति) समझा जाता था।

....

(यह 1948 के उत्तरार्द्ध की बात है।) रणदिवे और रोमेश में पार्टी के समक्ष उपस्थित समस्याओं पर जोर-जोर से बात हुई, कि यह (हमारे लिए) पार्टी सदस्यता लेने का कोई समय नहीं लेकिन हमें पार्टी अनुशासन का पूरी तरह पालन करना चाहिए और किसी हाल में अपने बुर्जुआ संबंधों को तोड़ना नहीं चाहिए। ... उसने (रणदिवे ने) हमें यह समझाने की कोशिश की कि लोगों में क्रांतिकारी उत्साह भरा हुआ है, हालाँकि किन लोगों में? हमने यह कभी नहीं पूछा, और कांग्रेस तथा

नेहरू के विरुद्ध एक राष्ट्रव्यापी हड़ताल आयोजित करने के लिए समय बिलकुल परिपक्व है।

....

रणदिवे में एक तरह की महाराष्ट्रीय बौद्धिकता का सर्दपन था, जिसमें दूसरे हर विचार के प्रति घृणा रहती है। इस बौद्धिकता के तर्कों का सामना होने पर आप या तो किनारे पड़ जाते हैं या उसके पीछे सिपाही की तरह घिसटने लगते हैं। पार्टी सदस्यों की वफादारी सबसे बड़ी चीज हो गई थी। क्या पार्टी सदस्य, बिना कोई सवाल पूछे, अपने-आपको चलती ट्रेन के सामने डाल देंगे यदि वह (रणदिवे) ऐसी माँग करे? क्या वे यह, या वह करने के लिए तैयार हैं? ऐसी-ऐसी माँगे की जाती थीं जो विचित्र, वीभत्स सी लगती थीं और उसके उत्तर देने में (पार्टी सदस्यों की) जरा सी हिचकिचाहट भी पार्टी से उनके निष्कासन का कारण बन जाती थीं। सैकड़ों लोगों को पार्टी से निकाल बाहर किया गया।

इसने हमारी कम्युनिस्ट सुखानुभूति को प्रतिकूल और गहरे प्रभावित किया। रोमेश कुछ करने के लिए व्यग्र हो रहे थे, चाहे केवल अपने (बुर्जुआ कुल में) जन्म और (बुर्जुआ) अतीत को गलत साबित करने के लिए। मुझे लगता है कि मैं इन सब बातों पर अपना बुनियादी विवेक बचाकर इसलिए रख पाई क्योंकि उस समय मेरे पास अपना एक बड़ा लगाव था – माँ बनने का विचार मेरी मानवीयता को बचाकर रखे हुए था। जबकि रोमेश को खूब चोट खाने को मिलती थी। जब भी वह उस संकीर्ण पार्टी लाइन से हट कर कुछ भी बोलते, खासकर शाखा मीटिंगों में जो हमारे घर पर होती थी, तो उन्हें रामदास, जो शाखा प्रमुख था, से इस तरह के सवाल झेलने पड़ते थे, "लेकिन रोमेश, तुम कैसे जानते हो कि क्या सोचना चाहिए? तुम मजदूर वर्ग के लिए सोच ही नहीं सकते – तुम एक जेनरल के बेटे हो।" मौत सी चुप्पी। इसके बाद कहने के लिए रह ही क्या जाता है सिवा इसके कि आप अ7पने आपको किसी तेज आती रेलगाड़ी के सामने डाल दें?

....

रणदिवे ने आम हड़ताल का आह्वान किया था। 22 फरवरी 1949 का दिन निश्चित किया गया। यह वह हड़ताल होनी थी जो सभी हड़तालों का सदा का लिए अंत कर देगी, जब लोग अपने शोषकों का तख्ता-पलटने के लिए उठ खड़े होंगे, और मजदूर वर्ग का अग्रिम दस्ता, कम्युनिस्ट पार्टी देश की सत्ता पर अधिकार कर लेगी। यह पूरे विशाल भारत में सब जगह होनी थी। कम्युनिस्ट केवल मुट्ठी भर थे, इसलिए किसी भी तरह काम तो बहुत बड़ा था। सत्ता पर अधिकार करने की सारी तफसील की योजना बन गई, हरेक को अपना काम बता दिया गया।

रोमेश को उस दिन सुबह छः बजे उठना था, और सीधे घर के सामने हैंगिंग गार्डेन के शीर्ष पर चढ़ जाना था और हार्बर के पार दूर कपड़ा मिलों को चिमनी की ओर नजर रखनी थी। और यदि चिमनियों से धुँआ न निकलता दिखे, उसे कूद कर अपनी कार में बैठना था और तेजी से मेरिन ड्राइव को चीरते हुए ऑल इंडिया रेडियो पहुँचना था और रेडियो स्टेशन पर कब्जा करने में मदद करनी थी। वहाँ उसे और लोग मिलेंगे।

हमें कुछ मालूम न था कि दूसरे कौन लोग होंगे। हाथ में कोई हथियार भी नहीं थे किन्तु पार्टी नेतृत्व के प्रति ऐसा कटिबद्ध विश्वास था कि ऐसे प्रश्नों का कोई महत्व न था, जो कि होना चाहिए था। स्पष्टतः रणदिवे ने कल्पना कर ली थी कि ठीक इसी तरह लेनिन ने 1917 के अक्तूबर की उस सुबह को इसी तरह सब मैनेज किया होगा। मुट्ठी भर आप लोगों के साथ आपकी तरफ़ मजदूर वर्ग। जैसे स्काऊट लड़के नकली लड़ाई प्रदर्शित करते हैं, या बच्चे वह खेल खेल रहे हों जो उन्हें बचपन में खेलने को नहीं मिले थे। इस मूर्खता का पैमाना निस्संदेह बहुत विराट था...

....

मैं इसके प्रति सचेत थी कि मेरे मस्तिष्क के चारो कोनों से संदेह उपजने लगे थे। मैं इन संदेहों को आने और जमने का मौका दे रही थी जो वास्तव में गद्दारी समझी जाती। जितना ही हम रणदिवे के विचित्र और कठोर शासन के बारे में सुनते, उतना ही हमें धक्का लगता। एक बार

गुस्से में मैंने कहा भी कि क्या होगा यदि ऐसे लोग सत्ता में आ जाएंगे! रोमेश मुझे समझाने के लिए नजदीक थे कि ठीक इसीलिए तो ऐसा नेतृत्व सत्ता में आ ही नहीं सकता। मगर मैं आश्वस्त नहीं थी। और सड़क किनारे फाँसी देने के अनगिनत स्थलों की आसानी से कल्पना कर सकती थी यदि ऐसे लोगों के हाथ में सत्ता पड़ जाए। कम से कम मुझमें संघर्ष शुरू हो गया, किन्तु यह केवल ऐसे लोगों के सत्ता में आने से संबंधित था, न कि क्रांति की विचारधारा से।

....

इस बीच रणदिवे पागल होता जा रहा था। बिना सत्ता या उसकी कल्पना के भी हर शब्द, हर विचार, हर प्रस्थापना जो उससे निःसृत होती थी, उसने बाईबिल का रूप ले लिया था। उन पर किसी संदेह की छाया भी किसी को (कम्युनिस्ट पार्टी से) बर्खास्त कर देती थी। पार्टी का क्षरण इस रफ्तार से होता जा रहा था कि पार्टी मुख्यालय में असंतोष उभरने लगा था जहाँ कुछ सदस्य जब-तब भूमिगत डाक को चुपचाप खोलकर देख लिया करते थे। सिर्फ यह निश्चित करने के लिए कि रणदिवे के निर्देश पागलपन की सीमा तो नहीं लांघ गए हैं। ऐसी ही एक डाक में पी.सी. जोशी को जान से खत्म करने का आदेश भी पकड़ा गया। इससे चिंता और निराशा भर गयी। *क्रॉसरोड्स* (रोमेश का अखबार, जिसे बाद में कम्युनिस्ट पार्टी ने हड़प लिया) के दफ्तर में बैठे हम लोगों के दिमाग में यह बात बैठ गयी। मेरे मन में एक क्षण के लिए भी यह बात नहीं निकलती थी कि 'क्या होगा यदि ऐसे लोग भारत में सत्ता पर काबिज हो जाएंगे? क्या रास्ते में जगह-जगह फाँसी घर नहीं बन जाएंगे?' मैं बार-बार इस पर सोचती रही। यह भयंकर स्थिति थी, मगर हम तब भी यही समझते थे कि केवल हमारी पार्टी इस रोग से ग्रस्त है और दुनिया में अन्य (कम्युनिस्ट) पार्टियों में यह नहीं फैल सकता।

श्रीपाद अमृत डांगे

[जब देश का विभाजन तय हो गया, और पंजाब तथा दूसरी जगहों पर दंगे भड़क उठे थे, तब कम्युनिस्ट नेता श्रीपाद अमृत डांगे एक दिन

थापर दंपति के घर आए। यह 1946–47 की बात है, जब थापर लंदन में रह रहे थे। राज ने उनसे अपना दुःख व्यक्त किया कि हजारों–हजार लोगों का जीवन और संसार नष्ट हो रहा है, बदले व विकृति की आग में तबाह हो रहा है। तब डांगे ने कहा, "चिंता मत करो, राज। हमारे लोगों को खून का स्वाद लेने दो, उन्हें सीखने दो कि खून कैसे बहाया जाता है। इससे क्रांति नजदीक आएगी।" राज आगे लिखती हैं, "मैं तब काँप उठी थी, किन्तु आज उसके बारे में सोचते हुए मैं और भी काँप जाती हूँ। कितनी भी बहस के बाद भी उसका (डाँगे का) विश्वास नहीं डिगा था। मैं तब नहीं समझ पाई थी कि साधन और साध्य कितनी नजदीकी से जुड़े होते हैं।"]

....

अनिल दा सिल्वा (एक श्रीलंकाई लड़की, जो तब बंबई में मुल्क राज आनंद के साथ रहती थी) मुझे भारत वाली कम्युनिस्ट पार्टी में सेक्स संबंधी कहानियों से मेरा मनोरंजन करती रहती थी। उसने (भारतीय कम्युनिस्ट) पार्टी की सदस्यता के लिए आवेदन किया था, और जैसा नियम था, उसे तीन महीने प्रोबेशन पर रहना था। तो मुक्तविचार की तो वह थी ही। वह कम्यून (बंबई में सैंडहर्स्ट रोड पर एक मकान जिसमें कई कम्युनिस्ट रहते थे) में आने–जाने लगी जहाँ हर तरह के पुरुष भरे हुए थे। सब मजदूर वर्ग के ध्येय के लिए समर्पित और सबके सब औरतों के लिए भूखे। वर्गीय संरचना के बारे में गहन बहसों के बीच वे अक्सर अपने–आपको अनिल की बड़ी–बड़ी आँखों में देखता पाते। इससे वे स्पष्टतः घबरा जाते, असहज हो उठते। (अनिल कहती) 'वे अपने बारे में इतने दुःखी रहते, उनके पास अपने काम के अलावा और कुछ नहीं, तो मैं आखिर क्या कर सकती थी?' उसकी यह भावनाएं बहुवचन में थी और मैं कल्पना कर सकती थी कि पार्टी मुख्यालय में केवल अपनी उपस्थिति से वह क्या तबाही मचा देती होगी। अंततः यह बहुवचन भाव एकवचन में डांगे पर जा टिका, जिसमें सबसे ज्यादा वैयक्तिक आकर्षण था। किन्तु उसका प्रभाव भी (अनिल को) सदस्यता नहीं दिला सका और अंततः उसे जाना पड़ा। मुल्क (राज

आनंद) ने उसे डांगे से खींचकर अलग किया, मगर यह बात इन दोनों पुरुषों के बीच जीवन भर एक फांस बनी रही।

....

(यह 1949 का प्रसंग है जब प्रसिद्ध कवि पाब्लो नेरुदा बंबई आए थे। सोवियत नेताओं ने तब दुनिया भर में एटम बम के विरुद्ध एक शांति आंदोलन का अभियान चलवाया था। इसे हर देश में कम्युनिस्ट कार्यकर्ता ही संगठित करते थे। लोगों को बताया जाता था कि युद्ध किसी समस्या का समाधान नहीं है। लेकिन, जैसा राज थापर ने अपने अनुभव से लिखा है, यह ऊपरी दिखावा था और वास्तव में सावियत नेता तब तक के लिए समय चाह रहे थे जब तक वे भी वह बम न बना लें। यदि वह आंदोलन दिखावटी न होता तो राज के शब्दों में, 'आज दुनिया उसका सुफल भोग रही होती'। किन्तु तब सोवियत नेताओं के लिए यह आंदोलन पहली प्राथमिकता थी। इसी सिलसिले में नेरुदा बंबई आए थे और रोमेश थापर को यहाँ शांति आंदोलन का गठन करने के लिए चुना गया। रोमेश ने बंबई में हर क्षेत्र के लोगों से बात-चीत की, और सब इसका स्वागत करने के लिए तैयार थे, 'यदि यह कोई कम्युनिस्ट चाल न हो'। रोमेश ने सबको आश्वस्त किया कि नहीं, ऐसी बात नहीं।) तब पहली जन-सभा घोषित की गई। रोमेश को कम्युनिस्ट पार्टी ने आश्वस्त किया था कि वह उसमें ज्यादा उभरने की कोशिश नहीं करेगी और शांति के मामले में अपनी संकीर्ण पार्टी-लाइन का घाल-मेल करने की कोशिश नहीं करेगी।

नियत दिन आया, हॉल पूरा भरा था, भाषण शुरू हुए। और जब डांगे उपस्थित लोगों को संबोधित करने उठे, कुल चार फुट दस इंच का व्यक्ति, अपनी दृढ़ और स्पष्ट आवाज में, उसने कहा, "बहनों और भाइयों, साथियो, शांति का मतलब है सशस्त्र संघर्ष और सशस्त्र संघर्ष का मतलब है शांति।" हॉल में इस बयान के बाद छाई स्तब्धता में विश्वासघात की फुफकार थी। रोमेश एकदम घबरा गए। उन्हें पार्टी ने धोखा दिया था, और इस तरह (अनजाने) उन्होंने लोगों को बरगलाया था। यह (सोच कर सभा आयोजित करना कि कम्युनिस्ट पार्टी उसका

राजनीतिक उपयोग नहीं करेगी) एक हिमालयी भूल थी, हालाँकि आज मैं महसूस करती हूँ कि उस घटना में कम से कम ईमानदारी का गुण तो था, एक ऐसा मूल्य जो कम्युनिज्म के नितांत विजातीय है।

....

[यह 1949 में 'सशस्त्र क्रांति' के एडवेंचर के बाद के काल का प्रसंग है। कम्युनिस्ट पार्टी को भारत सरकार ने प्रतिबंधित कर दिया था। रणदिवे की 'भारत स्वतंत्र नहीं' वाली लाइन खत्म हो चुकी थी, और नई समझ बनाने की वैचारिक उथल-पुथल चल रही थी। पार्टी की बैठकें भूमिगत होती थी। नेतृत्व में काबिज होने के लिए भी गुट-बाजी, षड्यंत्र आदि चल रहे थे। राज और रोमेश तब तक इन गुटबाजियों के अस्तित्व से भी अनजान थे। ऐसी ही स्थिति में रोमेश वारसा से शांति सम्मेलन में भाग लेकर लौटते हुए लंदन में ब्रिटिश कम्युनिस्ट रजनी पामदत्त से भारतीय स्थिति पर लंबी बात-चीत करके लौटे थे। अजय घोष ने रोमेश को कुछ विंदुओं पर पामदत्त के विचार लेने का विशेष आग्रह किया था। उन्होंने इस संबंध में बंबई में रोमेशचंद्र और पेरिन (पति-पत्नी और कम्युनिस्ट नेता, जो राज व रोमेश के मित्र भी थे) से कह रखा था कि जैसे ही रोमेश थापर लौटें, वह उस बात-चीत का सार जल्दी कूरियर से कलकत्ता भेज दें, जहाँ सेंट्रल कमिटी की बैठक चल रही थी। वस्तुतः उस समय अजय घोष कोई ऐसी वैचारिक लाइन बनाने की फिराक में थे, जिस से पार्टी नेतृत्व में उनका सिक्का जम जाए। रोमेश यह सब शायद ही समझते थे। जो भी हो, उन्होंने स्वदेश लौटते ही, संदेश मिलते ही पामदत्त से अपनी बात-चीत का ब्योरा अजय के पास कलकत्ता भेज दिया। लेकिन वह पत्र अजय से पहले किसी और को मिल गया। पार्टी के दूसरे नेताओं ने अजय घोष पर गुट-बाजी का आरोप लगाया। इस पर अजय पूरे मामले से साफ पलट गए और कहा कि वह उस पत्र के बारे में कुछ नहीं जानते कि किसने, किसको, किसलिए वह भेजा है।] यह रोमेश के लिए पहला बड़ा धक्का था। सेंट्रल कमिटी ने तब एक दस्तावेज जारी करते हुए रोमेश पर अनधिकृत रूप से काम करने, और पार्टी को गलत रास्ते पर डालने का आरोप लगाया। जब यह

सब तय हो रहा था, अजय मीटिंग में चुप बैठे रहे, उनके सोने के अक्षर धूल में लोट रहे थे (इसके अर्थ के लिए नीचे अजय घोष वाला अंश देखें। एक बार राज थापर ने अजय की एक शंका का उत्तर पामदत्त से मिलकर, कष्ट उठाकर, ला दिया था, जिससे अजय बड़े प्रसन्न हुए थे और कहा था कि राज का नाम कम्युनिस्ट आंदोलन के इतिहास में स्वर्णाक्षरों में लिखा जाएगा। वही अजय अपने ही कारण रोमेश पर झूठा लांछन लगते हुए देखकर भी पार्टी मीटिंग में चुप बैठे थे।)

... तब हमने पेरिन और आर.सी. (रोमेशचंद्र) को पकड़ा। उन्हीं लोगों ने हमें इस जाल में डाला था और बार-बार कहा था कि अजय एक सम्मानजनक आदमी है, जो किसी को नीचा नहीं दिखायगा, और पार्टी तथा हमारे जैसे तुच्छ लोगों की कीमत पर भी अपनी निजी उन्नति की नहीं सोचेगा। जब हमने उन दोनों से बात की तो पेरिन असहज लगी, थोड़ी चिंतित, और आर.सी. ने कहा, "मैं उनसे बात करूँगा। गलती सुधार ली जाएगी।" यह वह आखिरी तिनका था जिसे हम (पार्टी के लिए) जो भी उत्साह बच रहा था, उसके साथ पकड़े हुए थे। तब तक जबकि वह तिनका और उत्साह सदा के लिए गायब हो गये।

(बहरहाल, रजनी पामदत्त को जब मामले का पता चला तो उन्होंने भी पार्टी नेताओं के नाम एक पत्र भिजवाया जिसमें रोमेश को निर्दोष बताया गया। पार्टी नेताओं ने उसका भी नोटिस नहीं लिया। रोमेश कटिबद्ध थे कि वह अपने ऊपर पार्टी नेताओं द्वारा लगा लांछन मिटवाकर ही मानेंगे। वह आर.सी. के साथ सेंट्रल कमिटी के लोगों से स्वयं मिलने कलकत्ता गए। अंततः पार्टी नेता राजी हुए कि वे रोमेश पर लगाए आरोपों को हटाते हुए दस्तावेज जारी करेंगे। तब जाकर रोमेश को मानसिक शांति हासिल हुई। जिस दिन यह तय हुआ) उसी शाम डांगे रोमेश को एक तरफ ले गए और अर्थपूर्ण अंदाज में कहा, "देखो, तुमने गलत गुट ज्वायन कर लिया था। यदि तुम मेरे साथ रहते तो यह सब कुछ नहीं हुआ होता। मैं तुम्हें कभी नीचा नहीं देखने देता।" सारे माफिया जैसे लोग। उसे रोमेश ने पार्टी के लिए काम करने के अपने कारण समझाने की कोशिश की, "मैं लोगों को सेवा करना चाहता हूँ,

किसी गुट की नहीं।" यह बोलते रोमेश कितने भोले लगे होंगे, क्योंकि उत्तर में डांगे ने अपने विश्वासपूर्ण लहजे में कहा, "तुम मेरे साथ आ जाओ और मैं तुम्हें साल बीतने से पहले सेंट्रल कमिटी का सदस्य बना दूँगा।"

अजय घोष

(1950 में कोई समय) जब अजय घोष जेल से छूट कर आने के बाद हमारी जिंदगी में आया। हम उसके बारे में उसकी आतंकवादी पृष्ठभूमि, और पार्टी के प्रति पूर्ण समर्पण के अतिरिक्त कुछ नहीं जानते थे। वह पेरिन और आर.सी. का मित्र भी था। अजय को कथित रूप से 'स्तालिन की आँखों का तारा' भी कहा जाता था। वह उस समय *कोमिनफॉर्म* (सोवियत कम्युनिस्ट पार्टी के नियंत्रण में अंतर्राष्ट्रीय कम्युनिस्ट आंदोलन की पत्रिका, जो दुनिया भर के कम्युनिस्टों को निर्देशित करती थी) में भारत के बारे में एक नवीनतम संपादकीय को लेकर गहरे सोच में डूबा था ... जिसमें भारतीय राज्यसत्ता के वर्ग-चरित्र का, वर्ग संबंधों तथा संभावित वर्ग मित्र और वर्ग शत्रु समेत, मूल्यांकन किया गया था। यह पहले वाली लाइन से तिर्यक रूप से भिन्न था। यह समझने के लिए आपको कम्युनिस्ट होना होगा कि इस साधारण सी पंक्ति में कितनी तबाही छिपी है कि '(भारतीय कम्युनिस्ट) पार्टी को सभी किसानों के साथ एकजुट होना होगा।' जो कम्युनिस्ट शब्दावली और क्रियाकलाप से अपरिचित हैं, वे कभी इस प्रस्थापना के महत्व का पैमाना नहीं समझ सकते, क्योंकि इसके छपने से पहले पार्टी को केवल गरीब किसानों के साथ जुड़ने की अनुमति थी। वस्तुतः धनी किसान तो एक सबसे गंदी गाली जैसा शब्द था, 'कुलक' के समकक्ष। किसी भी सूरत में कम्युनिस्ट चिंतन में किसान पिछड़ा हुआ और प्रतिक्रियावादी था। जो भूख से मरता किसान हो, उसके साथ तो चलो आप कोई संबंध रख सकते हैं, लेकिन शेष किसानों के साथ बिलकुल अछूत सा व्यवहार होता था। इसीलिए उस सोई हुई सी पंक्ति से (यहाँ) पार्टी सिद्धांतकारों को मानो बिजली का झटका लग रहा था। क्योंकि आखिरकार सोवियत नेतागण तो सर्वज्ञानी थे और यह संपादकीय, निश्चित रूप से आर.पी.

डी. (रजनी पामदत्त) द्वारा ही लिखा गया होगा। तो कौन बेहतर समझता है? कम से कम वह साथी तो नहीं ही जो यहाँ जमीन पर काम कर रहे हैं!

अजय घोष तब रणदिवे वाली लाइन की तुलना में एक अधिक स्वीकार्य लाइन बनाने की प्रक्रिया में था, लेकिन (*कोमिनफॉर्म* के) उन कुछ शब्दों से इस तरह हिल गया था कि उसकी पूरी चिंतन प्रक्रिया एकदम रुक गई थी। हर रोज वह सुबह दस बजे हमारी घंटी बजाता, रोमेश के अध्ययन-कक्ष में बैठता, और पूछता, रोमेश, तुम्हें क्या लगता है, यहाँ 'सभी किसानों' से उनका मतलब क्या है? मैं यह देख-देख कर गुस्से से भर जाती। यह क्रांति का नेता, सूखे हुए उल्लू जैसी सूरत, माथे और अजीब से कानों के ऊपर से उड़ते हुए बाल, बार-बार उन शब्दों को एक ही ढंग से विराम चिन्ह जैसा प्रयोग करते दुहरा रहा है। मेरे लिए यह एक तरह से भ्रम-मुक्त होने के मंत्र सरीखा था।

जो और भी विचित्र लगता था कि अजय ने पेरिन की लाहौर की एक दोस्त के साथ शादी की थी, लिट्टो नाम की लड़की, जिसका कम्युनिस्ट पार्टी में शामिल होना हमेशा एक रहस्य रहा था। उसमें न तो किसी मार्क्सवादी की मेधा दिखती थी, न क्रांतिकारी का उत्साह। वह हमारे जैसी (समृद्ध) पृष्ठभूमि से आई थी और पार्टी सदस्यता लेने तथा एक कम्युनिस्ट 'नेता' से विवाह के बाद भी वैसी ही बनी रही। मुझे आश्चर्य होता है कि हम कितने अनुशासित थे न इस बात की चर्चा हमने कभी किसी से नहीं की।

मैं अब तक उस चीज पर नकारात्मक प्रतिक्रिया व्यक्त करने लगी थी जिसे मैं कम्युनिस्ट 'नेताओं' की बड़ी भारी अयोग्यता समझती थी। मैं इस विदेशों से आदेश लेने वाले धंधे पर बराबर सवाल उठा रही थी, विदेशों से प्रस्थापनाएं प्राप्त करना, सुदूर भारतीय गाँव के बारे में प्रस्थापनाएं, किन्तु जिनके बारे में जो यहीं के तथाकथित 'मजदूर वर्ग के अग्रणी' हैं, उन्हें कुछ कहने, समझने की इजाजत नहीं थी। उन्हें केवल आदेश का पालन करना था – 'तुम्हें केवल करना और मरना है', जैसे क्रीमिया युद्ध में हुआ था। रोमेश का (इन सबमें) विश्वास ज्यादा दिन

तक रहा। द्वंद्ववाद की विजय निश्चित प्रतीत होती थी और वह बार–बार जोर देता था कि 'सभी किसानों' का मतलब स्पष्टतः सभी किसानों से है। लेकिन अजय बार–बार एक तरफ से दूसरी तरफ माथा हिलाता और पूछता 'मगर मैं इस पर कैसे आश्वस्त हो सकता हूँ?' और चूँकि वह दस्तावेज तैयार कर रहा था जो डांगे और जोशी समेत सबके दस्तावेज को चुनौती देता, वह कुछ शुरू ही नहीं कर पा रहा था जब तक यह कुहासा ('सभी किसान') उसके दिमाग पर छाया हुआ था?

यह भी कहा जाता था कि इस बात का मतलब डाक या टेलीफोन से पूछ कर सुनिश्चित नहीं किया जा सकता था क्योंकि सब पर जासूसी होती थी। इसलिए इस मामले पर सोचते हुए उसे (अजय को) एक विचार सूझा, जो उसे बेजोड़ लगा। वह मेरी ओर घूमा और कहा, 'क्यों नहीं तुम लंदन चली जाओ और आर.पी.डी. से पूछकर आ जाओ?' मैं बिलकुल इस बात के लिए तैयार नहीं थी, चकित होकर मैंने प्रतिवाद किया। माला केवल डेढ़ साल की थी (यह 1950 के उत्तरार्ध का प्रसंग है) और मैंने अब तक उसे एक दिन के लिए भी अकेले नहीं छोड़ा था। हमारे पास टिकट के लिए पैसे न थे, और सबसे बढ़कर, इस आदमी (अजय) की नपुंसकता को देखकर मेरे पेट में गुस्से से मरोड़ उठती थी।

किन्तु मेरे पास कोई रास्ता न था। रोमेश और अजय ने इसे बड़ी चतुराई से तय कर दिया। जब हमने (1947 में) लंदन छोड़ा था तो पेंग्विन के अलेन लेन ने हमारे लिए एक पार्टी रखी थी जिसमें उसने मुझे सुझाव दिया था कि मैं भारत में पेंग्विन एजेंसी का पूरा करोबार ले लूँ। हमारे पास वैसी ऐजेंसी चलाने के लिए संसाधन न थे। मेरी दिलचस्पी भी नहीं थी, और इसीलिए टेबल के नीचे से रोमेश की हल्की ठोकर के दबाव के बावजूद मैंने उस प्रस्ताव को ठुकरा दिया था। अब रोमेश ने योजना बनाई कि मैं उस विचार को पुनर्जीवित करूँ, लेन को लिखूँ, अपने पुराने मित्र एसिया पब्लिशिंग हाऊस के पीटर जयसिंहे से संपर्क करूँ, कि क्या वह इस ऐजेंसी को चलाने में दिलचस्पी लेगा जिसे मैं कंपनी में हिस्सेदार के रूप में चला सकती हूँ। (और इस काम के बहाने, पीटर के खर्चे से, लंदन जाऊँ।)

मैं इस पूरी योजना के प्रति संदेह में थी, यह भी नहीं जानती थी कि लेन को वह बात याद भी रही होगी कि नहीं, लेकिन रोमेश और अजय को विश्व क्रांति के महानतर ध्यये के रास्ते में कुछ भी नहीं डिगा सकता था। तो मैं गई और पीटर (जो बेचारा इसके पीछे की बात नहीं जानता था) से इसकी चर्चा की, जो इस प्रस्ताव को सुनकर प्रसन्न हो गया। हमने सारी तफसील पूरी गंभीरता से तैयार की, और मैंने अपने को लगभग समझा लिया कि इसमें कोई धोाखाधड़ी नहीं है और लेन को पत्र भेज दिए गए और मेरा उससे मिलने का समय तय कर दिया गया। पीटर ने खुशी-खुशी मेरी यात्रा का खर्च दिया जो उस समय केवल तीन हजार रूपये था किन्तु मैंने इसे अपनी आत्मा पर ग्रेनाइट की चट्टान जैसे बोझ के रूप में महसूस किया, और घबराते हुए मैं अपने मिशन पर चली।

जब साल्मे (आर.पी.डी. की पत्नी) ने मुझे कहा था कि मैं कुछ मामले में धोखेबाज हूँ, तो मुझे नहीं लगता कि उसने अपनी टिप्पणी के महत्व को समझा होगा क्योंकि मैं वास्तव में कई चीजों में धोखा देती हूँ, यह दिखाते हुए कि मैं शांत और विश्वास से भरी हूँ और गहरे अंदर चूहे की तरह कांप रही होती हूँ। ठीक यही मेरी हालत थी जब मैंने लंदन में कंबरलैंड होटल के लिए टैक्सी ली। यह गंदा होटल था और मुझसे मिलने आए शरीफ अतहर अली ने मेरे कानों में हीरे देखकर मुझे वहाँ के जवाहरात चोरों से सावधान रहने को कहा था।

मैंने होटल पहुँचते ही अपने को कमरे में बंद किया, फोन उठाया और आर.पी.डी. को मिलाया। वह मेरी आवाज सुनकर चकित हुए, यह सोचकर कि मैं बंबई से बोल रही हूँ। जब मैंने कहा कि मैं लंदन मैं हूँ और एक बड़े जरूरी मिशन में आई हूँ, तो वह बड़े चिंतित हुए। मैंने आगे कहा, “अजय जानना चाहता है कि क्या ‘सभी किसानों’ का मतलब सभी किसानों से है?”। दूसरी तरफ कुछ क्षण ऐसी चुप्पी रही मानो प्रश्न पर विश्वास न हुआ हो। मैंने आगे स्पष्ट किया कि मैं *कोमिनफॉर्म* के लेख से संबंधित चर्चा कर रही हूँ। “ओह,” उन्होंने कहा, “स्वभाविक रूप से सभी किसानों का मतलब सभी किसानों से

है! और इसका क्या मतलब हो सकता है, माई डियर।" हाँ, सचमुच इसका आखिर और क्या मतलब हो सकता था?

इसने मेरे कम्युनिस्ट नेताओं की महानता के बारे में अंतिम, बचे-खुचे, भ्रमों को भी तोड़ दिया।... उस भेंट में आर.पी.डी. के साथ अंतिम बात-चीत ने मेरे मस्तिष्क के गहरे कोने में बड़ा सा प्रश्न-चिन्ह खड़ा कर दिया। मैं ह्वाइट हॉल लॉज में उनके घर पर गई थी। उनसे दुनिया भर के विषयों पर भरपूर, सुखद बात-चीत हुई। वह मुझे छोड़ने ट्यूब स्टेशन तक आए जब मैंने उनसे यों ही यह भी चर्चा की कि हम लोग (राज और रोमेश) एक बार फिर पार्टी सदस्यता के लिए आवेदन करने जा रहे है। उन्होंने एकाएक कहा, "नहीं, नहीं, ऐसा मत करना। तुम्हारे और रोमेश के लिए पार्टी सही जगह नहीं है। बस तुम दोनों जो कर रहे हो, करते रहो, तुम जो भी चाहते हो करो, मगर पार्टी नहीं।"

मैं जम कर रह गई, "आपका क्या मतलब है?" मैंने उनसे पूछा, मगर वे दुहराते रहे "नहीं, नहीं" लगभग अस्फुट रूप से । अपने अस्तित्व में जड़ तक हिल गई मैं ट्रेन में बैठी उनकी बातों का कोई अर्थ समझने की कोशिश करती रही। यह लीजिए, आर.पी.डी. मुझे पार्टी सदस्य बनने से मना कर रहे है जबकि उन्होंने अपनी जिन्दगी के सर्वश्रेष्ठ वर्ष यूरोप में एक भूमिगत स्थिति में दूसरी भूमिगति स्थिति में रहकर कष्ट पूर्वक ईंट-ईंट जोड़ कर पार्टी का आधार खड़ा करने में बिताए जैसा एक बार साल्मे ने कभी मुझे विस्तार से बताया था। तो उनका मतलब क्या है? यह तो हो नहीं सकता कि वह हमें पार्टी सदस्य बनने लायक नहीं समझते थे। मैं इसके बारे में निश्चित थी। अभी जिस तरह से उन्होंने इस बात को रखा था, ऐसा लगा जैसे वह हमें किसी चीज से बचाने की कोशिश कर रहे हों, कोई ऐसी बात जो हमें मालूम नहीं, हमें पार्टी से बचा रहे हों।

(राज पर इस बात-चीत के बाद ऐसा असर पड़ा कि वह पेंग्विन वाली डील, जो संभव थी, बिना किए लौट आई)... रोमेश और अजय मेरी वापसी की आतुरता से प्रतीक्षा कर रहे थे। अजय का भावहीन, जड़ चेहरा एक बार खिल गया और उस दिन जब वह जा रहा था, वह हमारे

फ्लैट की सीढ़ियों पर रुका और कहा, "तुम्हारा नाम भारतीय कम्युनिस्ट पार्टी के इतिहास में सोने के अक्षरों से लिखा जाएगा।"। मैं उसे देखकर शर्मिंदगी महसूस कर ही थी, कि वह सोच रहा था कि इन शब्दों से उसने मुझे खुश किया है, कि वह नहीं जानता कि उसने मेरे लिए जिस धातु की चर्चा की, वह मेरे लिए उन सब चीजों का प्रतीक है जिससे मैं भाग रही थी। उसके लिए भी यही बात होनी चाहिए थी।

मैंने वहीं उसी समय उसे कह दिया कि मेरे मन में इस पूरे प्रसंग को लेकर सहजता नहीं है, कि इस पूरे मामले में कोई गुटबाजी जैसी चीज लगती है। आर.सी. (रोमेशचंद्र) की आँखों में वह विशेष भाव, स्कीमिंग, ऊपर हो जाने की गुप्त खुशी, जिसने मेरे संदेह को प्रत्यक्ष कर दिया। उन दोनों (अजय और रोमेशचंद्र) को देखकर आप कह सकते थे कि उन्हें लग रहा था कि उन्होंने पोलित-ब्यूरो के दूसरे सदस्यों से आगे बढ़कर कोई अंक अर्जित कर लिया है।

....

(यह तब का प्रसंग है जब थापर दंपति दिल्ली आ चुके थे और अजय घोष कम्युनिस्ट पार्टी के महासचिव थे। पिछले बारह वर्षों से अजय ने थापर दंपति से संबंध तोड़ रखा था, और एकाध बार कहीं आकस्मिक भेंट हो जाने पर एकदम अनजानापन दिखाया था।) यह 1962 में कोई समय था जब पेरिन ने मुझे एक दिन फोन किया और कहा कि अजय हमसे मिलना चाहता है और क्या हमलोग रात के खाने पर आ सकते हैं। मेरी तुरन्त इच्छा हुई कि चीख कर कहूँ 'नहीं,' जोर से और साफ-साफ, मगर कुछ क्षण में उत्सुकता हावी हो गई और हम तैयार हो गए। आसफ अली रोड पर पेरिन के फ्लैट में उस रात हम पहुँचे। जैसे ही हमने प्रवेश किया अजय खड़ा हो गया, अटपटे ढंग से रोमेश को गले लगाया, दबी हुई गर्मजोशी दिखाने में लड़खड़ाता हुआ, दबा हुआ उत्साह, जो उसके स्वभाव के विपरीत था। मैं पीछे खड़ी रही, चुप, मन में यह सोचते हुए कि आरोपों की वह पूरी श्रृंखला उस पर उड़ेल दूँ जो इतनी लंबी थी कि उससे उसका दम घुट जा सकता था। आर.सी. चतुराई से मामले को संभाल रहा था, और बात-चीत को

अतीत से बचाकर चल रहा था, तो आखिर मैंने भी तय किया कि जाने दो पिछली बातों को। रोमेश कम्युनिस्ट पार्टी की भूमिका के बारे में जोर-जोर से बोल रहे थे, कि उसे क्या होना चाहिए, कैसे उसे तात्कालिक समस्याओं से जुड़ना चाहिए, और अजय उनसे सहमत होते रहे, सिर हिलाने में अपने कान भी फड़काते हुए, मतभेद का कोई लेश तक नहीं। यह शायद उसकी हमसे क्षमा-याचना का रूप था, और यह ईमानदारी भरा भी लग रहा था – लेकिन मेरे लिए यह बिलकुल पर्याप्त नहीं था। हालाँकि मैं यह महसूस करती थी कि समय सब कुछ समाहित कर लेता है, हरेक गुस्से को और मन को जलाने वाले हर विरोध-भाव को।

3

उपसंहार

ऊपर दोनों भागों की पूरी चर्चा से क्या निष्कर्ष निकलते प्रतीत होते हैं?

प्रथम, पूरे विश्व का बीसवीं शती का इतिहास दिखाता है कि जिन देशों में भी कम्युनिस्ट सत्ताएं बनीं, उन्होंने न केवल अपराध किए, बल्कि वे सार-रूप में पूरी की पूरी अपराधी परियोजना ही थे या जल्दी ही उसमें तब्दील हो गए। क्या कारण था कि हरेक कम्युनिस्ट देश में, हर कीमत पर, सत्ता पर काबिज रहना सबसे महत्वपूर्ण समझा गया? इतना महत्वपूर्ण कि उसके लिए हर संभव अत्याचार किए गए और नैतिकता की सबसे सामान्य, सबसे सार्वभौमिक मान्यताओं को भी तिलांजलि दे दी गई? क्योंकि यही एकमात्र विधि थी जिससे कम्युनिस्ट अपनी धारणाओं को समाज पर लागू कर सकते थे। यह मानना मूर्खता ही है कि साम्यवाद किसी व्यापक मानववाद का रूप था। साम्यवाद का घोषित लक्ष्य कुछ भी रहा हो, मगर नाजीवाद की तरह यह भी मानवता के अनेक हिस्से को जीने के लायक नहीं मानता था। इसीलिए लेनिन, स्तालिन, माओ आदि को पूजने वालों से सावधान रहना चाहिए।

द्वितीय, मार्क्सवादी चिंतन और भारतीय चिंतन दो विरोधी दृष्टियाँ हैं। तदनुरूप दोनों की संपूर्ण सामाजिक-वैचारिक संकल्पनाएं भी भिन्न हैं। एक समाज को मुख्यत: आर्थिक दृष्टि से देखती है, दूसरी सांस्कृतिक दृष्टि से। मार्क्सवादी चिंतन समाज को बाजार मानता है जहाँ लोग उत्पादन-उपभोग में लगे रहते हैं, तो हिन्दू चिंतन इसे मानव-समुदाय

और घर के रूप में देखता है। एक के लिए छल-तिकड़म-धूर्तता समेत किसी भी विधि से भौतिक-आर्थिक 'सफलता' पाना केन्द्रीय तत्व रहा है, तो दूसरे के समक्ष सेवा, आत्म-सम्मान, उत्थान के साथ सार्वभौमिक, चराचर सुख-शांति का आदर्श रहा है। इन दो मूलतः भिन्न मानसिक-बौद्धिक धाराओं के निहितार्थ, और परिणाम जीवन के प्रत्येक पहलू के लिए भिन्न होते हैं। यह ध्यान रखें।

तीसरे, कुछ लोग आज कम्युनिस्ट इतिहास के काले पन्नो को 'बीती बातें' कह कर विचार करने से कतराते हैं। किन्तु उन बातों का सामयिक महत्व है। वर्तमान भारत की राजनीतिक-आर्थिक-शैक्षिक परंपरा मूलतः उन्हीं विचारों पर आधारित है, जिसे नेहरूवाद कहा जाता है। व्यवहारतः यह आज भी भारतीय राजनीति में सबसे प्रभावी विचारधारा है। इसलिए भारतीय धर्म, दर्शन-परंपरा से इसके शत्रुतापूर्ण संबंध को समझना आवश्यक है। आज भी देश-विदेश की अनेक समस्याओं पर हमारे अनेक बुद्धिजीवी, नेता आदि वैसे ही अंधविश्वास में डूबे लिखते-बोलते रहते हैं। समय के साथ नारे, मुहावरे बदलते जरूर गए, किन्तु हिन्दू धर्म-चिंतन परंपरा के प्रति उनका दुराव तथा पश्चिमी नारों के प्रति उनका आग्रह यथावत है।

इसलिए भारत में मार्क्सवादी कुचक्र केवल अतीत की ही बात नहीं, बल्कि समकालीन विडंबना भी है। आज भी नई पीढ़ी को अनेकानेक झूठ परोसे जाते हैं। उदाहरणार्थ, अब स्वयं रूस में नवंबर 1917 की घटना को 'कम्युनिस्टों द्वारा किया गया तख्ता-पलट' कहा जाता है, किन्तु हमारे मार्क्सवादी इतिहास-लेखक, जिनका देश के शिक्षा-तंत्र पर बहुत प्रभाव है, अभी भी उसे 'समाजवादी क्रांति' कह महिमामंडित करते झूठे विवरण लिखते, प्रचारित करते है। यह केवल एक उदाहरण है। वास्तव में, भिन्न-भिन्न प्रसंगों में, अलग-अलग बहाने से, पूरी चतुराई के साथ स्कूल, कॉलेज की शिक्षा से लेकर विश्वविद्यालय, मीडिया और अकादमिक शोध संस्थाओं तक वामपंथी लेखकों, प्रचारकों और जाने-अनजाने उनसे प्रभावित अध्यापकों, पत्रकारों ने सभी विषयों

में पाठ्य-सामग्री का राजनीतिकरण किया हुआ है। किसी के द्वारा पूछे जाने पर वे इसका किसी 'अच्छे उद्देश्य' के नाम पर जो बचाव करते हैं, वह स्वयं प्रमाणित करता है कि कारण शैक्षिक-बौद्धिक नहीं वरन राजनीतिक है। इससे हमारी मानसिक, बौद्धिक क्षमता को जो हानि हो रही है वह हमारे लिए गंभीर चिंता का विषय होना चाहिए। अन्यथा हम सोवियत संघ के अंतिम दशकों में रूस की बौद्धिक जड़ता और दुर्गति वाली स्थिति में बने रहेंगे। चाहे इसका हमें भान हो या न हो।

इस संदर्भ में ही हमें इसकी चिन्ता करनी चाहिए कि इतिहास के कूड़ेदान में जा चुका कम्युनिस्ट समाजवाद अभी भी हमारे विद्यालयों और विश्वविद्यालयों के पाठ्यक्रमों की शोभा बढ़ा रहा है। किन्तु भारत और पूरी दुनिया को लंबे समय से साँसत में डाले हुए इस्लामी आतंकवाद का कोई अध्ययन-अध्यापन नहीं होता। जिहाद-फैक्टरी कहलाने वाले मदरसे पाकिस्तान में आधिकारिक विमर्श, नीति-निर्णय के विषय बन सकते हैं। किन्तु भारत में यह संपूर्ण विषय वर्जित है। भारत में राजनीति शास्त्र का छात्र 'इस्लामी आतंकवाद' पर कुछ नहीं जान सकता, यह उसके पाठ्यक्रम में ही नहीं है। किन्तु उसे रूस, चीन, क्यूबा, फिडेल कास्त्रो तथा समाजवाद के बारे में तरह-तरह की झूठी बातें अभी भी पढ़ने को विवश किया जाता है। यह शिक्षा में मार्क्सवादी गुट के नारों को बढ़ावा देकर नई पीढ़ी को हानि पहुँचाना ही है।

यह इसीलिए सरलता से संभव हो रहा है क्योंकि हमारे देश में जो राजनीतिक परंपरा चल रही है, वह कम्युनिस्ट विचारणाओं और मानसिकता से बड़े गहरे प्रभावित है। नेहरू, इंदिरा, राजीव आदि के जन्म-दिन और मरण-दिन पर अखबारों में उनकी तस्वीर छापने और अपना पार्टी प्रचार करने में जनता का करोड़ों रुपया बर्बाद किया जाता है। ध्यान दें कि इस तरह संसाधनों की बर्बादी किसी गैर-कम्युनिस्ट देश में नहीं होती। यह ठीक से समझने और उपयुक्त सीख लेने की बात है कि सरकार द्वारा सार्वजनिक धन से इस तरह लोगों पर जबरन किन्हीं पार्टी नेताओं की 'महानता' थोपना पश्चिमी पूँजीवादी नहीं, वरन रूसी-चीनी कम्युनिस्ट बीमारी है।

स्वतंत्र भारत का औपचारिक शासन तंत्र अवश्य ब्रिटिश अनुकरण है। हमारा पूरा पेनल कोड, शासकीय पदसोपान और संविधान भी इसका प्रमाण है। पर शासन की आत्मा नेहरू जी के कम्युनिज्म-मोह के कारण और सत्ता पर उनके एकछत्र प्रभाव के कारण सोवियत तौर-तरीकों से अनुप्राणित हो गई। इस पर हमारा ध्यान नहीं गया है। आखिर जिस चश्मे से हमारी दृष्टि बाधित है, उसी का दोष हमें कैसे दिखे! पर हमारी शिक्षा व विचारधारा में नेहरूवाद बहुत गहरे जमा हुआ है। योग्यता को दरकिनार कर 'अपने' आदमी को समितियों में रखना ब्रिटिश नहीं, सोवियत परंपरा है। सभी भवनों, योजनाओं के नाम नेहरू, इंदिरा, राजीव, आदि पर रखना वह पार्टी दासता है जो कम्युनिस्ट देशों का सामान्य नियम था।

वह दासता केवल नामकरण तक सीमित न थी। कम्युनिस्ट देशों में जीवन का हरेक पक्ष किसी न किसी नेता की अंध-भक्ति पर ही आधारित था। विषय खेल-कूद हो या सिनेमा, दर्शन या परमाणु विज्ञान – हरेक में लेनिन, माओ के उद्धरणों के 'मार्गदर्शन' बिना कोई विमर्श या शोध संभव नहीं था। वही दासता यहाँ नेहरूवाद की अंधपूजा में झलकती है। यहाँ 'प्रगतिवाद' भी नेहरूवाद का ही दूसरा नाम है। पर मूलतः यह सोवियत मॉडल है। इसी में यह होता है कि किसी विद्वान का मूल्यांकन उसके कार्य पर नहीं, बल्कि पार्टी-नेता या अफसर की पसंद पर निर्भर हो। जो काम सोवियत संघ में कम्युनिस्ट कमिसार करते थे, वह यहाँ सत्ताधारी दल के प्रगतिशील नेता और उसके अनुचर अफसर, प्रोफेसर करते रहे। यह परंपरा नेहरूजी के शासन काल में आरंभ हुई और पूरी ठसक से स्थापित की गई।

यहाँ मार्क्सवादी प्रगतिवाद की विष-बेल स्वतः नहीं फली-फूली थी। उसे सप्रयास फैलाया और भारतीय ज्ञान परंपरा को नष्ट किया गया। यह इतने निकट काल की बात है कि कोई भी इसकी प्रमाणिक जाँच स्वयं कर सकता है। नापसंद नेताओं, विद्वानों, पत्रकारों को ब्लैक-लिस्ट करना और विश्वस्त अनुचरों को बढ़ाना, पुरस्कृत करना – यह प्रवृत्ति नेहरूजी के समय ही आरंभ हुई। यह सोवियत कम्युनिज्म का भारतीय

नेहरूपंथी रूप था। तदनुरूप स्वतंत्र विचार के लेखकों को प्रताड़ित करना; उनके लेखन को दबाना, लांछित करना जैसे घातक कार्य तभी शुरू हुए थे। सत्ता के प्रोत्साहन से ही सोवियतपंथी 'प्रगतिवाद' ने भारत के बौद्धिक जीवन को अपने अधीन कर लिया।

जिन वामपंथी अंधविश्वासों से हमारी अर्थ-नीति, विदेश नीति, शिक्षा और साहित्यक-सांस्कृतिक गतिविधियाँ दशकों निर्देशित होती रहीं, उनका आज भी असर गहरा है। उन पर सम्यक दृष्टि डालने पर ही पता चलेगा कि स्वतंत्र भारत में अनेक ऊट-पटांग वैचारिक स्थितियों का आरंभ कहाँ है। और इसने हमें मानसिक रूप से कितना दासवत् बनाए रखा है। हर नामकरण में नेहरू का प्रयोग एक मानसिक दासता, जड़ता और आत्मसम्मानहीनता है – यह समझना आवश्यक है।

इसका महत्व समझना चाहिए कि नेहरूजी का शासन काल यानी स्वतंत्र भारत के पहले दस-पंद्रह वर्ष नए गणतंत्र का निर्माण काल था। उस समय जो परंपराएं बनी, या नहीं बन सकीं, उसने आने वाले नेताओं, प्रशासकों, संस्थानों आदि के लिए एक सुनिश्चित, अनुकरणीय उदाहरण बना दिया। अब आदतवश पूरी व्यवस्था उसी ढर्रे पर चल रही है। किन्तु यह न स्तरीय पश्चिमी लोकतंत्र है, न भारतीय परंपरा। वह घटिया कम्युनिज्म की दयनीय नकल है, जिसमें पूरी वामपंथी जमात – प्रोफेसर, पत्रकार, नेता सभी – दशकों से लगी हुई है।

यहाँ प्रशासन में हर स्तर पर समिति प्रणाली का उपयोग केवल ऊपर से ही ब्रिटिश अनुकरण है। हर कमिटी में चार चहेतों को रखना, उनसे मनचाही बात लिखवाना तथा उसे गंभीर 'दस्तावेज' बता कर जनता को धोखा देना निरी सोवियत कम्युनिस्ट परंपरा है। आज यह बीमारी यहाँ इतनी फैल चुकी है कि लोहियावादी नेता, बुद्धिजीवी आदि भी वही कर रहे हैं। योग्यता के बदले चापलूसी को प्रोत्साहन तथा नितांत दिखावटी, अंतर्विरोधी, नारेबाजी या अर्थहीन मुहावरों से भरे कागजों को राष्ट्रीय दस्तावेज बता कर देश के लोगों को छलपूर्वक दिग्भ्रमित करना। कम्युनिस्ट तौर-तरीकों के जानकार और अभ्यस्त 'प्रगतिवादी' प्रोफेसर तो सोवियत लेखक जैसी अनुचरी भूमिका निभाने

के कारण जम कर यही भर करते रहे हैं। हर भवन या योजना का नाम नेहरू या सोनिया के नाम पर करने का पुरस्कार उन्हें पता है। सदैव अकादमियों, आयोगों, ट्रस्टों में पद और आपसी सहयोग से पार्टी-बंदी वाले 'प्रगतिशीलों' का जीवन सुख-चैन से चलते रहना। चाहे देश की बौद्धिक क्षमता रसातल चली जाए। उन्हें इसकी उसी तरह चिंता नहीं, जैसे सोवियत कम्युनिस्ट पार्टी को नहीं थी। अथवा उन्हें इसका कोई भान न था। पर रूस के लिए परिणाम तो वही हुआ। अतः यह गंभीरतापूर्वक चिंतनीय है कि यदि भारतवासी अभी भी नहीं चेते तो कई मामलों में हमारी दुर्गति भी वैसी हो सकती है।

अंत में, यह सयोग नहीं कि नेहरूवाद, प्रगतिवाद जैसी साम्यवादी मानसिकता को अब इस देश में विदेशी एजेंसियों, पश्चिमी मीडिया, अंतर्राष्ट्रीय इस्लामी राजनीति और ईसाई मिशनरी संगठन आदि अपने गर्हित स्वार्थों के लिए चतुराई से पोषित कर रहे हैं। उनका उद्देश्य स्पष्ट है। वे अपने-अपने देशों और समाजों में इस तरह के प्रगतिवाद, सेक्यूलरवाद, समाजवाद आदि को तनिक भी तरजीह नहीं देते। पर हमें इन्हीं चीजों को महत्व देने के लिए प्रोत्साहित करते हैं। क्यों? केवल इसलिए कि वह हमें विचारों में गुलाम बनाए रख कर अपना उल्लू सीधा करते रहना चाहते हैं। इस कार्य में उन्हें भारत में स्थापित नेहरूवादी, प्रगतिवादी, साम्यवादी विचारणाएं, भंगिमाएं एक मजबूत हैंडिल का काम देती हैं। साथ ही, अपने अनुचित कार्यों (जैसे, मिशनरियों द्वारा अवैध, संगठित धर्मांतरण का धंधा चलाते रहने) के लिए एक सशक्त आड़ देती है। ऐसे कार्यों पर किसी भी आपत्ति का उत्तर नेहरू जी या हमारे साम्यवादी बुद्धिजीवियों को उद्धृत करते हुए बड़ी अच्छी तरह दिया जा सकता है। जैसे, कि जो लोग धर्मांतरण कराने का विरोध कर रहे हैं वे वास्तव में हिन्दू पुनरुत्थानवादी हैं, कि वे पिछड़े जमाने की मानसिकता वाले हैं, वे प्रगति के विरोधी हैं, उन्हें गरीब जनता की मूल समस्याओं की चिंता नहीं है, वे मिशनरी संगठनों के सकारात्मक सेवा कार्यों को नहीं देखते, वे संकीर्ण लोग हैं, वे भारत की समेकित संस्कृति के विरुद्ध कार्य कर रहे हैं, वे विभिन्न समुदायों में

झगड़े फैला रहे हैं, उन्होंने हमेशा यही किया है, आदि। इसी प्रकार की तर्क प्रणाली का सहारा लेकर अंतर्राष्ट्रीय इस्लामवादी भी भारत में जिहादी आतंकवाद के प्रति चिंता करने वालों को भी नीचा दिखाते हैं।

इसलिए आज के भारत में साम्यवादियों, नेहरूवादियों को पोषित करना भारत के बाहरी रणनीतिक शत्रुओं और अमैत्रीपूर्ण एजेंसियों के हित में है। इसीलिए वे जितनी शिद्दत से हिन्दू संगठनों तथा सच्चे राष्ट्रवादियों के विरुद्ध वितृष्णा फैलाते हैं, उतनी ही सहजता से भारतीय वामपंथियों को तरह-तरह से पुरस्कृत करते और सम्मान देते हैं। अपने अंतर्राष्ट्रीय कूटनीतिक संसाधन और धनशक्ति के बल पर उन्हें मंच एवं प्रचार देकर उनका कद ऊँचा बनाते और बनाए रखते हैं। चाहे हमारे सभी वामपंथी और नेहरूपंथी इस बात को न समझते हों, किन्तु इसमें संदेह नहीं कि इस अघोषित मोर्चेबंदी में दोनों पक्षों के स्वार्थ एक नहीं हैं। दूसरे शब्दों में, हमारे वामपंथियों के प्रति पश्चिमी एजेंसियों की उदारता का उद्देश्य अपना हित है। हमारा नहीं।

अतः जैसे अर्थ-व्यवस्था और कुछ हद तक विदेश नीति में सोवियत पंथी नेहरूवाद को नमस्कार करने के बाद ही भारत का आत्मविश्वास बढ़ा और वास्तविक उन्नति (पश्चिमी पैमानों से ही सही) संभव हुई, उसी तरह चिंतन, विचार और शिक्षा क्षेत्र को भी नेहरूवादी-वामपंथी मकड़जाल से मुक्त करके ही भारत का राजनीतिक-बौद्धिक वैचारिक विकास होगा। इस सत्य को हम जितना जल्द हृदयंगम कर लें, उतना ही अच्छा होगा।

–इति–

संदर्शिका

– इति –